尼罗河之鹰

尼羅河之鷹

尼罗河穿越时空
奇幻三部曲

尼罗河之鹰

水心沙◎著

朝華出版社

图书在版编目（CIP）数据

尼罗河之鹰/水心沙著. —北京：朝华出版社，2005.9
（尼罗河·穿越时空三部曲）
ISBN 7-5054-1358-9

Ⅰ. 尼… Ⅱ. 水… Ⅲ. 长篇小说—中国—当代
Ⅳ. I247.5

中国版本图书馆 CIP 数据核字（2005）第 102213 号

尼罗河之鹰

著　　者　水心沙
策　　划　双城印象
　　　　　晋江原创网
　　　　　朝华出版社

责任编辑　张宏宇
特约编辑　双　城　刘　颖
责任印制　赵　岭
装帧设计　亿点印象·海凝

出版发行　朝华出版社
地　　址　北京市车公庄西路 35 号　　　邮政编码　100044
电　　话　（010）68433188（总编室）
　　　　　（010）68413840　68433213（发行部）
传　　真　（010）88415258（发行部）
印　　刷　三河市南阳印刷有限公司
经　　销　全国新华书店
开　　本　880×1230 毫米　1/32　　　字　　数　120 千字
印　　张　9.5
版　　次　2005 年 9 月第 1 版　第 1 次印刷
版　　别　平
书　　号　ISBN 7-5054-1358-9/G·0727
定　　价　20.00 元

目录

楔子

"俄塞利斯大人,塞布斯提安将军求见。"

"不见……"隐忍的咳嗽声伴着沙哑的话音从纱帐中低低传出,与静静躺在里头单薄的身影一样虚无飘渺,却也果决。

"但将军是来征询登基事宜……"

"我说不见。"

"可是……"跪在地上欲言又止,那个年轻的祭司不安地回过头,朝倚在大门口这位即将在两个月后,可能成为上下凯姆·特之王的大将军瞥了一眼。见他不语,便又重新转头，望向纱帐中的身影："可是将军说，时间紧迫，如果大人……"

"一个月，"不等他把话说完，那沙哑低沉的声音再次传出，不紧不慢，将他的话语轻轻打断："一个月后，让他来见我。"

"……是。"犹豫了一下，听见身后塞布斯提安离去的脚步声，祭司低头恭敬行了个礼，起身倒退着离去。

随着脚步的远离，诺大的宫殿里安静下来，除了风声，只听见纱帘拖动在地上摇曳出的沙沙声响。空气有点沉闷，晌午没有一丝阳光，厚积的云层却把太阳的热和大地的闷搓揉在一起，缓缓蒸腾着这个伫立在大漠上苍白而华贵的国家。

"姆……"

"大人。"听见主人的召唤，一道黑色身影由层层帘幕后闪出，无声无息，跪倒在那张仿佛是蝶茧般被缠绕得密不透风的大床边。

床上单薄的身影轻轻动了动，抬指，将半透明的帘剔起一条缝："扶我起来……"

"是。"没有半点迟疑，那肤色黝黑，有着石雕般刚毅轮廓的努比亚籍男子站起身，将帘子自两边拉开。

雪白的帐帘在他粗糙的掌中像两缕薄雾，惊颤着抖起，安安静静地散落。可以透见帐内人凌乱冗长的发和细腻优雅的脸，美得像神，苍白得……如同神座前最细腻的

沙砾。

"大人，小心。"手臂穿过他的发将他上身轻轻扶起，坐在床沿上，姆将那神般美丽却比蝴蝶还脆弱的躯体护在自己怀间，小心翼翼的样子，仿佛在护着世上最易碎的瓷瓶。

"我听见外面有马蹄和车轮的声音……"

犹豫了一下，望着怀中人空洞无波的眼，姆低声道："那是王的灵柩，从西奈回来了……"

"回来了……"唇角牵了牵，俄塞利斯闭上眼淡淡一笑："这个不懂事的孩子，长途跋涉归来，连哥哥都不记得来看一眼……"

"大人……"眉心轻拧，低下头想说些什么，眼中却撞见一点晶莹的光，在那湖水般安静而柔美的眸底闪烁了一下，姆别过头去不再言语。

"他们……已经等得有些不耐烦了吧，那些自称是我弟弟继承者的男人们。"

"塞布斯提安将军有点不安，因为北边的迪琉斯大神官所表现出来的种种排斥，令他顾虑重重。"

"所以他一而再再而三地来见我。"

"是，没有您的认可，即使在人民面前，也……"

"好了姆，我不想再听这些……"

"是……"

"他回来了，我只想在重新有了他的空气里，好好安静地过上一段日子。"仰起头对这忠实的奴仆绽出一个宽慰的笑，一滴微热的液体却仿佛经受不住这样的压力，推挤着，从那微笑的眼角慢慢滑落。而他似乎对此一无所知，空洞的眸抬起，对着头顶某个不知名的点，他似乎在同姆说着，又仿佛在自言自语："尼罗河……快泛滥了吧……"

"是的，大人，快了。"

"快了……"窗台一缕风卷入殿内，扬起他凌乱的发，扬起他苍白干裂的嘴角："快了，奥拉西斯……快了……"

公元前13XX年夏，年仅25岁的埃及统治者奥拉西斯在西奈沙漠暴毙。一个月后，尸体经由红海运回，因路途遥远，虽经防腐处理尸身仍然出现了局部的损坏。但据参与祭祀和制作木乃伊的祭司们说，在其兄长，最高神官俄塞利斯抱着病体一人处理了三天三夜之后，他们所看到的遗容与生前几乎没有任何差别。

同年九月，原执掌上埃及四个军团及边关军的大将军塞布斯提安正式登基称王，但作为被当地人神一般膜拜着的大神官俄塞利斯，却并没有参加他的登基仪式。有人说他病入膏肓已经奄奄一息，也有人说，在塞布斯提安登基前一夜，他便离开了埃及。

次年八月，因政局混乱和上下埃及同时爆发的瘟疫，底比斯出现暴动，会同孟菲斯的祭司团，推翻了塞布斯提安新立不久的王朝。十月，亚述人进攻底比斯，援军因两

地间上层思想的不统一而迟迟不至，致使黑骑军统领雷伊将军在战争中丧身。同年十一月，赫梯人的介入使埃及人得以喘息，援军到，战事得以缓解。

三个月后，迪琉斯大神官自立为王，统一上下埃及，令自法老王奥拉西斯去世后一年里动荡不安的埃及，终于维持了表面上的和平。

奥拉西斯的死，有人说，死于同亚述的对战，有人说，死于觊觎着他手中权利的贪婪之心……

真正的原因是什么，也许只有西奈上空的风，西奈沉默的沙砾，才能将这秘密永恒地窥知，永恒地吞噬……

第一章　错空

公元 2003 年 12 月　上海

"铃铃铃……铃铃铃铃……铃铃铃铃铃……"

好梦方浓中突如其来的铃声，通常比热被窝里塞块冰还要令人无法忍受。

每次被吵醒都会后悔把铃调到最大声，每次把声音调低后又会在临睡前再次把它调回原档，这就是生活的无奈……

手探出被外在床边抓刨了半天，好容易摸到那只浑身颤抖个不停的电话，展琳眯着眼有些疲软地塞到耳边："喂……"

"大姐，天黑了。"

听清楚对方的声音是谁，她往被窝里沉了沉："慧？"

"是我。"阳光灿烂的声音。也是，刚从阳光灿烂的海南岛度假回来的幸运儿，少说也得再灿烂阳光上几天。

"知不知道现在几点？"

"八点。"

"八点？小姐，知不知道我今天几点睡的！下午四点！四个小时，大小姐，我两天才他妈睡四个小时！拜托你就让我死上半天工夫好不好！！啊?！！"

越说越激动，劈头盖脸一顿吼，爽完了，人清醒了，才忽然发现……电话那头一阵沉默。

识相准备挂电话了？

对着听筒吹口气，揉揉眼睛正打算把电话搁了，却在同时，听见电话里声音再次响起："琳。"

熟悉得不能再熟悉的声音……展琳两眼一翻，重新把听筒塞在耳朵边，仰天叹了口气："罗少校？"

"是我，打搅了，不好意……"

"老大……别客套，有什么事，说吧。"

"呵呵……"电话那头传来罗扬习惯性不知所谓的笑声，有些低沉，有些憨厚，不过基本上，那是使唤人的前

奏："绑架那女人的团伙找到了。"

眼神醒了醒："你是说……找到黎优了？"

"有目击人发现她被带去海定路恒泰大厦。"

"你在哪里？"一骨碌爬起身。

"我们已经在附近埋伏。"

"我马上到。"

黎优是个有着模特资质但也有些病态的女人，之所以说她病态，是因为展琳第一次见到她的时候就确定了她眼底某种脆弱的神经质，这是几年来从事特警这份职业锻炼出来的眼力，之后从她家里搜查到的病历更证实了她的这种揣测。她觉得有些什么事情在困扰着这个年轻美丽的女孩，具体是什么，那女孩不说，她也无从探知。

但除去这个，她和这座城市每一个普通女孩没有什么两样，一样的清白而单纯的家世，一样地读书，一样地打工，不幸的是父母早亡，留下她单身一人挣扎生存在这座钢筋铁骨水泥构筑的森林之中。

这样一个普通而又有些让人觉得怜悯的女孩，不知道为什么会和前段时期一起博物馆失窃案有了牵连，更不知道为什么，最近突然连国安局都下达了要保护她安危的命令。

这到底是为什么。

而似乎是为了迎合那道命令，黎优真的被人绑架了，在自己的眼皮子底下，在国安局那么多人的保护之下。那些绑架者到底是谁，最后那一刻，她甚至没见到绑架者是如何从自己手中把她带走的……

思忖间，展琳的头忽然一阵钝痛。

从耳膜最深处传递出来的轰鸣，让她不得不放弃了继续的思考，看来昨晚遇袭时头部所受的创伤，或多或少还是对脑壳产生了一定的影响。甩甩头，隐约听见耳边似乎有人在对自己说着什么，她回过头，冲边上跟着自己一路走的武警低低问了一句："什么？"

边上的武警正全神贯注地听着耳机里传达来的指令。冷不防被这突然一声给吓了一跳，他抬起头，眼睛眨了眨："……什么？"

"不是你和我说话？"

"你听错了吧……"

"不好意思。"

对方笑了笑，继续注意耳麦里的话音。

隐隐觉得有目光似笑非笑地扫在自己脸上，抬起头，展琳朝恒泰大厦对面一栋大楼瞥了一眼。楼层内有黑影一闪而过，随即，消失得无影无踪。

她微微一怔。

恒泰大厦共计28层，是位于海定路一栋全市相当著

名的商务科技楼。不少知名企业、学府在这栋楼里设有专门的研究处，同时也包括一些海内外大型公司集团设立的商务办事点。

所谓的黄金地段上的黄金楼。

而这次行动的目标就是这桩大厦的顶楼——J 国生物研究院研究中心，驻中国一号分部。

搞生物研究的机构怎么会和绑架案联系在一起，这问题同昨天突然接到命令，以国防部名义出面保护那个名叫黎优、无背景无特殊情况的普通女孩一样让人摸不着边。单纯地听命行事，不过这次不同在于，还得顺道对这个研究所进行一次突击性检查。

据线报说这家企业有参与研究生化类武器的嫌疑，虽然还不知道是否属实，但早已引起有关部门的注意。常规化审查是没什么用处的，借着这次机会，倒正好可以开开眼界。

"目标已经确认。"

"收到。第一第二小队封锁所有道口，第三小队守在南北门待命，其余人跟我直接进去。"

"是。"

一到 28 层，行为和声音已用不着遮掩。直接跳过前台往里闯，眼角瞥见那前台小姐慌忙抓起电话，心知是通

知保安或者高层，展琳手一抬，把证件朝那姑娘眼前晃了晃："别乱动，否则将作为干涉警务处理。"

那姑娘一呆，显然从没遇到过这样的情况，一时捏着电话不知所措。

展琳朝身后一名武警递了个眼色，随即带着众人继续朝里闯。而那名武警则留了下来，背对着电梯口，两眼不再离开前台。

"谁！你们干什么?!"

连开几道门，除了一办公室吃惊呆滞的脸，什么都没有。往走廊深处继续前行时，冷不防正前方一道电子门倏地打开。几名彪形大汉从里头匆匆奔出，操着生硬的中文，一只手在摸上衣口袋。

走在最前头的展琳没有丝毫停顿。瞅着那道门还没合上，她一拳痛击为首那个男子的小腹，在他岔气弯倒的同时，人已闪身在这些高大身影间钻了过去。

身后一阵沉闷的拳脚声，展琳不作理会，眼见电子门红色信号灯一闪，她飞身过去一把撑在门上。门收到感应立即停止了闭合，与此同时，无声而快捷地解决了那些人的武警战士紧随其后跟了上来。

"警察！站着别动！"

进门的一刹那，几乎所有武警都端起了手中的半自动步枪。并没有谁命令他们这么做，纯粹的条件反射。

门内是一处宽敞明亮的空间，纤尘不染的昂贵电子设备，寥寥无几的数名身着无菌服研究人员，安静亦洁净，却是一派激战过后的凌乱场面。仿佛这个宽阔的大厅里刚刚发生过一场气体爆炸，特殊材料制造的隔音玻璃碎片撒得遍地都是，显露一墙之隔的大厅另一端，无论地板还是仪器，黑压压覆盖着一层灰烬。

扑面而来，是一股浓厚的化纤物焦糊臭。

环顾打量间，一片灰色的东西摇曳着飘到展琳脚跟前落下，在地面扑腾了一会儿，片刻，静止不动。展琳愣了愣，地上那灰色薄片状的尸体，是足有信封大小的一只断翅飞蛾。

疑犯不见了，搜遍了整幢大楼，亦没有找到黎优的行踪。惟一的收获只有眼前一室的凌乱，一地的飞蛾残骸，以及一个又一个混沌的谜团……

怔怔呆立在人去屋空的现场的时候，手机响了。

"琳，我是总部，马上回来。"

"可是这里……"

"恒泰大厦已经由刑侦处接手，你马上回来领取装备，刚接到消息，那批古埃及文物今晚就到了。"

"是。"

这批在运来之前就已经有了大量宣传的古埃及文物，是由一名叫做雷蒙德·佩莱斯特·赫克的富豪在今年从大英博物馆买下，转赠给埃及政府的，听说，都是属于国宝级的珍品。

运往埃及之前，那位富豪在同埃及政府达成共识之后，决定先在全世界将近半数的国家进行一次循环展出，首站便是中国的上海。

一下飞机这批展品就被安置在市博物馆地下室内，那是个专门存放特级文物的场所。以十米厚的花岗岩砌成，配以几十厘米厚的金属防盗门，而该门的电子防盗锁是三年前由利丝这个开锁专家推翻原先美国人设置的程序，精心编制成的。可以这么说，即使把博物馆炸平，都未必能够进入那间地下室。

放在里头确实是很安全。

只是一旦从里头取出，这些文物对于别有用心的人来说，自然就成了砧板上的肉了。万一出什么问题，经济上的损失不算，对于在国际上所遭受的影响，则不言而喻。所以这次政府是花了大手笔在安全事宜上的，例如展琳、牧慧、利丝这样三合一的特殊行动组，一般的情形下决不会像现在这样三人全部出动。

连武器也用了最好的，因为既要威力强，又要对周围的波及面缩减到最小。

"三个主展示柜都装有最新型热感应器，它们的功能在于，如果有超过标准的温度，例如高烧病人接近，内部装着文物的拖座会自动下降，通过密道进入地下室，并且自动接通保安处和110专线。极敏感，你们这几个小子不要没事干拿自己当实验品哦。"

"知道了，老大……"

"这种热感应器……美国也刚开始使用不久吧，没想到咱博物馆有这玩意儿。"

"没想到的东西多得很，你以为这里是什么地方。"

"对了老大，楼层平面图好像省略了不少东西。"

"对，"手一伸，罗扬从上衣袋子里取出一卷微型胶片："你们要参照的是这张，至于墙上挂的那张，不过是给参观者看的。"

"够缜密。"

"你们以为，博物馆开到现在基本没出过什么问题，是因为所有人思想觉悟太高？光一幅唐寅的真迹，黑市上可以卖多少钱知道不？"

"老大，不要再诱惑我们了，兄弟们思想觉悟都不太高。"

"呵呵……"说笑间，抬头望见展琳斜倚着门口望着自己笑，罗扬站起身拍拍手："好了散会散会，大家各就各位干活去了。"

"哎？展老大也来了。"

"展老大好，展老大今天穿那么性感是不是打算和咱古埃及法老王约个小会什么的。"

"一边玩去！"几脚踹在那些见到她就乱没正经的混球屁股上，看着他们嗷嗷叫着离开，展琳笑着把自己外套拉链拉好："一来就看到你在给他们上教育课。"

"没办法，这次上头给的压力特别大。"

"烫手山芋。"

"你呢，东西都带齐了没？"

抬抬手里的包："带了，感觉自己像是野战排的。老大，"忽然凑进那毫无防备的男子，展琳压低了声音："透露点，这次那么紧张，是不是有什么内部消息？"

罗扬脸一红，稍稍后退半步，摇了摇头："别多问，叫干啥干啥去。"

"是——老大——"把包往肩膀上一甩："那我先转转去，这会儿馆里没人了吧。"

"对。"想了想，抬头补充了一句："琳，防弹衣穿了没？"

摆摆手，展琳指了指自己衣领子里头，眉梢轻轻一挑。

"又是超薄型，要风度不要安全度。"

笑了笑，刚准备走，想起什么，展琳回过头："慧和利丝还没到？"

"她们两小时后到。我也该走了，琳，这几天晚上就

交给你了。"

"没问题。"

两小时后，利丝和牧慧并没有准时赶到博物馆，而这个时候，已近午夜。

虽然平时有些散漫，也因为这行做久了有些老油条，但说到做到，守时守信，是干这行养成的必然习惯，所以没有特别的事，她们必然不会随便迟到。更何况，今晚看守的都是些极其贵重的东西。

展琳抬腕看了看表，眉宇间已经有了些隐隐的不耐烦："监控区情况怎么样？"

"一切正常。"

"东馆情况怎么样？"

"一切正常。"

"南二馆情况怎么样？"

"一切正常。展老大你什么时候过来？"

"我在北一二层，检查一遍就回来。和慧她们联系过没？"

"关机。"

"算了，你们继续，我马上回来，顺便帮我热下咖啡，完毕。"

"是。"

通讯完毕，往身旁因节能灯而折射出荧荧蓝光的玻璃

罩扫了一眼，展琳掉头朝楼梯口走去。胶底鞋踩在大理石地面上没有发出一点声响，就如同一只夜行的猫，这一点，让她颇为自得。

走了两三步，无声无息的耳机里突然一阵凌乱的嘈杂，在这安静空旷的空间内，让她不由得一惊。

"琳……"电波干扰般的嘈杂声中，隐隐的，仿佛有个男声在叫她。

她忙按住通话键："什么事？"

"琳……"

"什么事？"不知道是什么东西干扰了讯号，展琳一边对着耳麦略略提高声音，一边移动步子试图找到不受干扰的方位："有什么事？"

杂音尖锐地忽闪了一下，随即，突然停止。

"……老大？你在和我说话？"耳麦里传出监控室小刘的声音，没有一丝一毫的干扰，清晰得就如同人在旁边。

"你刚才叫我？"

"我没有叫过你。"

"没有？"

"没有。"

"那别的线路……"话音未落，展琳的声音却陡地止住，一手按着通话器，一只手条件反射般抽出插在腰际的手枪。

耳麦里再次响起一片凌乱的嘈杂声，隐隐夹杂一个男声，让她终止了想继续说出的话语："琳……回去……我们……"不知道是哪个国家的语言，但绝对不是中文，也不是今天在场的任何一名警员会说的语言。但她偏偏能够听懂，虽然，她自己也不知道这究竟是怎么回事。

这从很小的时候开始，就是困扰着自己的疑惑。

似乎在她还未开始记事时，曾和会这种语言的人生活过一段时间，那时候，几乎天天说，不停地说……已经成了某种习惯。以致到了读书的时候，当这段记忆模糊的时候，她仍会时不时冒出一两句这种陌生的语言，即便她连那人的长相、性别、年纪都记不清楚了。至今还记得当时同学嘲笑她说土语，而恰巧听到的老师，对她所露出的困惑的表情。

随着年龄的增长和记忆的模糊，那些语言在她脑海中渐渐很少出现，她开始认为那一切是自己童年的错觉。每个人在年幼时幻想力都是惊人的，不是么，或许，那只是她将现实和幻想的一种混淆，希望自己与众不同，希望自己认识个特别的陌生人，就像《小公主》里的萨拉。

她把这归咎于幼年综合症。

然而，此时耳朵里重新听见那种话语意味着什么？是头部受创所出现的幻听，还是……

"小刘，小刘听到没有，听到请回答，小刘……"拍了拍耳麦，耳机中依旧电磁干扰般嘈杂声一片，不算太响，只是没了那若隐若现的男声，亦听不见监控室里小刘的回答："小刘，小刘听到没？三线有没有人？四线有没有人？喂？"声音抑制不住地渐渐提高，展琳边变换着站立的方位，边有些着急地调整频道。

突然背后有坚硬的物体一顶，令她蓦地停下了脚步。

耳机里的杂音亦骤然间停止，凌乱过后的寂静，在这空旷巨大的厅堂内瞬间排山倒海般将她包围。

几乎能听到自己心跳声的寂静。

"三号线在，一号请说。"耳麦里清晰传来三线人员的说话声，与此同时，展琳看清了背后顶着自己的硬物，那是围在装着古埃及法老王黄金棺材的玻璃柜前，一排金属栅栏。

她轻轻舒了口气。重新带上耳麦正要回答，冷不防目光触及玻璃柜上一闪而过的倒影，眼神骤地一凌："该死！"

闪电般将枪举起，对着天花板的方向，却哪里还来得及。

一阵脆响。伴随冰雨般晶莹的玻璃碎片从头顶环形天窗纷扬洒下，一道漆黑色身影越过夜空，朝着展琳所处的位置直线下降！

没有闪避的时间和空间，展琳出于本能抬起手，在那些玻璃碎片刀锋般刺落的瞬间遮挡在自己头上。与此同

时，一股劲风掠过，后脑勺被一坚硬物体猛地撞击了一下。

来不及发出一点声音，她的眼前随之一片漆黑。

烫，好烫……

周身火烧火燎的感觉将展琳从混沌的黑暗里硬生生拉回。随着人渐渐地清醒，头裂开般的疼痛以及四周炎热的气温所带来的不适感，逐渐变得更为清晰和强烈。

这是什么地方。

睁开眼的一刹，她愣了愣。

炎热的骄阳照耀得沙漠一片耀眼的白，万里晴空，一只飞鸟都没有。沙漠……一望无际的沙漠?! 市中心的博物馆怎么转眼成了沙漠?!

忍着强烈的晕眩，展琳跌跌撞撞站了起来。

放眼看去，四周一片苍茫，漫天遍野的黄沙没有任何生命的迹象……这是怎么回事？被打昏后，一夜间怎么会被人丢到了这种地方？想起了什么，她急急忙忙从上衣的口袋中摸出一只小巧的手机。

昨天因为工作关系，一直把它关着，但愿现在有足够的电池量能让她打通求救电话。有些颤抖的手摸索了一会才按到开机钮，按下，屏幕亮了起来。

页面停留在搜索网络状态好一会儿，就在展琳觉得有些心焦的时候，一行冰冷的字嘀的一声跳出画面：抱歉，搜索不到网络。

不知道是因为阳光过于强烈，还是因为气温过高，她觉得自己的头更加晕了。胸中有种强烈的感觉呼之欲出，这个久违了的感觉叫——惶恐。

第二章　被捕

"看一看瞧一瞧，全凯姆·特最好的香料！比黄金还要珍贵的香料啊！"

"蜜瓜！上好的蜜瓜！"

"看看布料啊！宫里才有的最上等的布料啊！便宜了！"

耳边充斥着无数混乱嘈杂的话语，伴着空气中脂粉和烤肉混合的熏香，陌生却又异样熟悉的话语，那是从童年时就萦绕在自己耳边挥之不去，却又时常被自己大脑刻意忽略的话语。此时此地，展琳终于明白这话语源自哪个国家了，他们叫它凯姆·特语，而当她见到眼前这片巍峨的城池以及城池中随处可见的，庞大而又无比熟悉的雕像和浮绘时，当她看到人来人往那些拥挤的路人身上的打扮、头上的独具特色的装饰时，她明白了，原来凯姆·特就是古埃及人对他们国家的称谓。而她眼前这座繁华热闹的城市，正是位于尼罗河上游的古埃及大都市之一——底比斯。

怎么会突然跑到这种地方来？到底是梦境还是现实？想了已经有好些天，展琳依旧没有想明白。

无法理解，无法明白。惟一能做的只有不停地思考，不停地前行。饿了就想办法弄点吃的，渴了路边就是饮牲口的槽，然后再继续不停地思考，不停地前行……似乎这样才能让自己已经逐渐不堪负荷的大脑不至于崩溃，不，不是似乎，是确实。

继续走着，沿路目光闪烁，不比头顶的阳光少多少。展琳不以为意，已经有点习惯了，那是好奇的，但也同样并无恶意的目光。无暇再去管顾，脑子太忙，忙着琢磨接下来她到底该怎么办。

突然眼前熙攘祥和的街道有点混乱起来，前方一队骑兵模样的人，正排开人流杀气腾腾地朝展琳兀自发呆的位置直冲过来。

周围的人群早已四散，可正在混乱中煎熬思索的展琳却像什么事都没发生一样，还在漫不经心地迎着他们过来的方向继续走着，一点避开的意思都没有。而那队骑兵似乎也并没有因为前面有人而把马的步伐放慢，眼看人和马就快要撞上，围观的人群都发出了压抑的低呼。

几乎是一刹那间，只见展琳微晃身形，抬右脚往飞奔到面前的烈马肚子上轻轻一点，扭腰，腾身，翻转落地，一连串动作天衣无缝，落地的时候毫发无伤，边上的人群忍不住啧啧惊叹。而那匹马受她脚轻轻一点，顿时受惊抬腿嘶鸣，几乎把马背上的骑手翻下马来，跟在后面的几个骑兵因为前方的变故而急忙勒住了马匹的步伐。

"混帐!!当街拦阻迎接巴比伦公主的仪仗，你是不是不想活了?"险些从马背上滚落的为首的骑士涨红着脸，气急败坏地用手中的鞭子指住展琳大吼，而展琳一副充耳未闻的样子令他气结："喂! 和你说话呢! 你知道延误我们的时间该当何罪吗?"

"哦?"展琳终于意识到对方在和自己说话，抬起头，努力把视线的焦点对准马上的骑士。刚才完全是出于本能闪过了马匹的撞击，此时的她已经因为极度疲乏和精神打击而摇摇欲坠。然而她的样子在对方的眼中看来却是极为不屑和藐视，而她一身怪异的服装和暗红的发泽又令人觉得可疑。

骑士身后赶上来一骑人马，附在他耳边轻声说："大人，你看这女子服装怪异，不像我们所知道的任何一个民族的打扮，而且发色妖异，现在不少国家对于我凯姆·特

25

的富裕虎视耽耽，只怕她是……"

骑士挥了挥手表示明白，对身后大声道："把她带回去！"身后有两人下了马，朝展琳走去。

"为什么?"看到他们过来，展琳往后退了一步，用眼神制止他们："你们想干什么?"

"把你带回看守处，没弄清楚你的身份前，你不能随随便便在我凯姆·特的领土内闲晃!"

"我不是……走开！别碰我！"疲乏和饥渴令展琳烦躁起来，对着越走越近的士兵低吼。

"手脚快点，想让公主久等吗?"马上的骑士不耐烦地挥了挥手中的鞭子。闻言，两个士兵不敢迟疑，伸手向展琳抓去。

"走开！"展琳一扭身，轻轻闪过抓来的手掌，遂出手如电，扣住那两只手的脉门，四两拨千斤，将两个比她高出一个头的士兵甩了开去，在围观人群的一阵惊呼中转身拔腿便逃。

"站住!!"

"抓住她!!!"30多骑骑兵在原本就显得狭小的市场内追逐着小鹿般逃窜的展琳，水果布料盘盘罐罐被撞得飞天走地，咒骂声、哭叫声此起彼伏，同时，原本守卫城门的士兵和巡逻队也被吸引来了，场面一下子混乱起来，谁都没有注意到，这街头越演越烈的追逐战把原本已经走出城门的一支黑色的队伍也吸引过来。同那支追逐得面红耳赤，已经显得狼狈的骑兵队不同，这支黑色的部队是安静的，无声无息地在一披着黑色斗篷的人的带领下赶了过来。

而那些狼狈的骑兵们，依然在大吼大叫地对展琳穷追不舍，抛下了在平民百姓前塑造的不可一世的形象，他们几乎是狂乱地想把那个居然徒手就击倒两名士兵的狂妄女子逼到空旷地带然后将她一举抓获，但是……还真不是那么容易办到的事……那女孩跑得简直像头野兽！

冷眼旁观了片刻，披着黑色斗篷的人示意他的队伍按兵不动，随后从边上的侍从手中取过一支金色长鞭，指着那支追兵的领队对侍从说了句什么，然后用鞭柄在马臀上轻轻一拍。

雪白的骏马立刻如脱弦的箭般飞驰出去，不到片刻，便轻易超越了那队气急败坏的骑兵，朝着展琳逃逸的方向追去。

随着体力超负荷的透支，展琳的步伐愈显沉重，呼吸急得几乎要窒息，而就在这时，她有些悲哀地意识到自己似乎把自己逼进了绝境。不知何时周围的建筑物越来越少，取而代之的是看了两天两夜的让人绝望的沙漠，连藏身处都没有，而后面的追兵却快要追来了。听着身后渐渐逼近的马蹄声，她只能不顾一切地往前飞奔。

但这样能跑到几时呢？也许，是自己断气的一刹那吧？展琳有些绝望地想着，感到眼前的景物开始摇晃。

"你到底能跑到几时？"不同于刚才那个骑士沙哑粗劣的嗓音，一道清朗干净的声音自身后响起，透着微微的嘲讽。

展琳闻言身形一滞，等再扭身想跑时，半空中"嗖"的一响，随即她的腰便被一根长而韧的金鞭扣住了。

"糟糕！"脑中警铃声大作，正待挣扎，身后的马一声嘶鸣，竟拖着她飞奔起来。勉强稳住不被拖倒，她无可奈何地被牵制着随马飞奔。

马上黑色的人影似乎转头看了她一眼，似轻不轻地吐了一声："很好……"随即她悲哀地看着他扬手在马臀上猛击一下，骏马吃痛登时用力往前窜去，她只觉得腰部钻心刺骨般收紧，整个人腾云驾雾般扑倒在地上，朝前滑去。

粗劣的沙石磨破外衣，带来刀割般的痛楚，极度疲乏和痛苦使得展琳再无任何脱身之力，之能任一人一马将她死狗般拖着前行。也就几秒钟的时间，对她来说却像一个世纪那么漫长，当她以为自己会被拖到血肉横飞死无全尸才会脱离这人间地狱时，马却在嗯哨过后停了下来。

但是停下又怎样呢，她翻了翻眼，发现太阳的颜色居然是黑的，整个大地在眼前摇晃。随后，凭着仅存的意识，看到不远处那个黑色的身影翻身下马，不紧不慢朝她踱过来，而边上不知何时出现了大批人影，鬼影似的在她附近晃来晃去。然后，一阵风将那黑色身影头上的斗篷吹落，露出他漆黑泻瀑般的长发，以及压在长发上金光夺目的鹰形皇冠。

"带她回去。"最后的意识被夺走前，她听到他淡然地吩咐。

身体与硬冷的土地撞击的一刹那，展琳曾略微恢复了片刻神智，但也只是片刻而已，当身体躺倒安稳下来后，便又坠入了无比的黑暗。期间，模糊感到有人把她拖到一堆松软的枯草上，然后有一滴滴清凉的水顺着干涸的嘴滑入喉咙。

也不知道就这么昏昏然睡了多久，当展琳终于能够彻底醒来时，感到一只冰冷细腻的手掌在她滚烫的额头贴了贴，随即，一个冷冷的声音在她头顶道："你醒了。"

"谁？"一开口，声音嘶哑得令她自己吃惊，睁眼打量，只见一名衣着褴褛却丝毫遮掩不住其绝美容貌的深褐色长发女子好整以暇地端坐在她身边，淡漠地看着她，虽然同是囚禁在牢里，却隐隐透着股高贵的气质。

见展琳询问，她露出淡淡微笑："和你一样，囚犯而已。"

"谢……谢谢你照顾我。"看着身上明显清理过的伤口，展琳低声道谢。

那女子不再看她，只把目光转向高墙上钉着粗铁条的小窗外的漆黑夜空："你的衣服很坚韧，所以才保护你没受到最大的伤害。"

见她没有答话，女子自顾自道："是谁出手这么重？他吗？我看到是他的近身侍卫把你带进来的。"

"他？谁？"展琳疑惑地皱了皱眉。

"法老王。"淡淡的声音，却因为提到这两个字而隐约有些颤抖。

"法老王？我不知道。"展琳在她衣服里摸索了半天，找出一个密封塑胶袋来，撕开口，抖出一粒白色药丸，张口倒进了嘴里。高效消炎片，作为她们这样特殊的职业，这种小小的药品总是随身带着一些以便不时之需。

那女子回头看了看她："你……是哪国人？"

"不知道。"面对 3000 年前的古埃及人，展琳一时无法解释自己到底来自哪个国家，只能干脆地回答"不知道"，以杜绝随即可能提出的更为麻烦的问题。

"扑哧……"那女子突然自失地一笑："抱歉，我是不是很啰嗦？好久……没有和人说说话了，我叫艾布丽莲，你呢？叫什么？"

"……你可以叫我琳。"

"琳……"她念了一遍，随后侧身躺下："再睡会儿吧，天快亮了。"

“醒醒！快起来！”被一双大手粗暴地推醒，展琳睁开眼，才发现已是正午时分，毫无阻挡的阳光透过铁栅栏给这间小小的牢房带进一线光明。一个高大粗壮的狱卒正用不耐烦的眼光瞪着她：“快点，王要审问你！”他粗声粗气地道。

“唔。”她含糊应了一声，挣扎着爬起来，却发现原来夜里好梦正浓时总有些奇怪的不适感原来源自手上和脚上沉重的镣铐。

出了牢笼，跟着几名狱卒踉踉跄跄地来到监狱大门口，他们同门口等着的几名侍卫打扮的精壮男子打了个招呼，便把展琳移交给了他们。

迈出阴暗的大门，刺眼的阳光让展琳几乎睁不开眼，她顿了顿，深深吸了口新鲜的空气。边上的侍卫已经不耐烦：“快走，王等着呢！”

一夜的好睡以及特效药的作用，虽然一走动身上的伤口依然火烧火燎般疼痛，但是她的精神已经好很多了，抖了抖镣铐，她迈着蹒跚的步伐在侍卫的押解下朝远处巍峨的宫殿走去。

没想到，3000 年前的古埃及美得像天堂呢。雪白的高大宫殿，色彩鲜艳的彩绘，衬着巨大逼真的雕塑，虽然曾看过记录片中用电脑制作的模拟实景，但真的身处在这样美妙的环境里，展琳所受的震撼已经难以用语言来描述了，如果能活着回到自己生活的年代……如果能活着回去……

重重一推打断了展琳的遐想，回过神，他们已经站在了一扇雕刻精美的白色大门外。

"王，犯人带到。"一名侍卫走到门前恭恭敬敬道。

片刻后，里面传出清冽淡然的声音："带她进来。"

这声音……展琳一凛，将昨天晕倒前听到的黑色人影所说的那句"带她回去"相重叠，赫然就是昨天将她整得很惨的那个家伙的声音！不知不觉她全身的肌肉绷紧了。

不容她多想，侍卫已经打开门将她推了进去。

整个内殿宽敞明亮，六排落地长窗向外开着，阳光透过白色的薄纱折射出柔和的光线。窗外隐隐传来年轻女子轻柔的嬉笑声，忽远忽近。年轻的法老王半侧着身体，斜靠在线条优美的藤编卧榻中，低头默读着手里一卷卷宗案，乌黑的长发上那顶做工考究的金色鹰状王冠在阳光的照耀下闪着碎碎的光芒。

就是这样安详的画面却藏不住他周身流动着的威慑气息，展琳眼睛的余光瞥见身侧押解她的侍卫全都低着头，屏息垂手静静等候着。

不知过了多久，法老王合上卷轴，将它丢到一边的矮桌上，这才抬头看了已有些不耐烦而令手上的镣铐发出悉悉嗦嗦声响的展琳。

一对上他幽深的眸，展琳的大脑有那么一瞬间几乎被夺去意识。什么样的美才叫真正的美，如果以前展琳有千万个说法，那现在这千万个说法全部都给丢到银河系了。

"看够了没?"讥讽的神色从法老黑亮的眼眸中传出，探究的眼色打量着她惊讶且直直望着自己的乌溜溜的瞳仁——那双小猫般机警灵动，闪转着千万个念头的瞳仁。

窘迫! 在一低头的瞬间，展琳再次引发很久以来没出现过的这个久违了的感觉。

见状，法老王嘴边勾出一丝浅笑，挥挥手，两边的侍卫无声退了出去。

"你叫什么名字?"就在室内气氛逐渐尴尬之际，法老突然开口问道。

"不知道。"想也没想，这三个字从展琳嘴里脱口而出。

似乎没想到她的回答会那么直接，他挑了挑眉，站起身:"哪个国家指派你来的?"昨天看她的身手，不像是普通人那么简单，没有经过训练不会有这样的身手，应该是哪个国家派来的探子。

"不知道，也没有任何国家指派我来。"

沉默。法老垂着头，看不出他此时的表情，而展琳在说了那么直接而相当于废话的回答后，便默不作声地杵在那里等待法老的反应。

"你的衣服料子很特别。"半晌，法老王说了句她没有料到的话。愣了愣，她若有所思地看看自己那件被沙石划破但还算完整的牛仔外套，以及用极为柔韧的特殊料子制成的超薄型防弹衣，支支吾吾应了一声。

如果不是这身衣服，只怕那个时候全身都会被撕烂了吧。

突然，法老王那修长的身影毫无防备地压过来，低头看着比他矮了一个头的展琳低声诱惑般道："说出你的来历，我给你一切你想要的。"

"自由？"展琳抬起头，突兀地望着这年轻的王。

他一愣，随即淡淡道："除了这个。"

神色一黯，展琳撇开头给了他一个同样淡淡的答复："没得好说。"

下巴一紧，她的头被强迫扭向他，幽深秀美的双眸突然迸射出一道彻骨的寒光，就这么一语不发，却让展琳如受剐刑。起先她怎么都不明白看上去如此俊逸无害的年轻男子只不过半躺着看书却会让人感到一阵阵阴寒的压迫感，而现在，她终于明白了。这么一位君王，即使他随意地坐着不动都有着能让人胆战的气势！

"王，叙利亚大使求见。"门外响起守卫朗朗的通报声，打破了殿内僵硬的空气。紧扣着她下巴的手终于松开，法老王拍了拍手。

门开，等候在外的侍卫走了进来。

"带她回去。宣大使进来。"

"是！"

在侍卫的押解下展琳低着头匆匆离开，几乎忘了身上的伤痛和沉重的镣铐。然而背部传来的冰刺般寒意提醒她法老王冷冷的目光并未就此放过她。直到重新见到宫殿外的阳光，那如履薄冰的感觉才总算消失，让她长长舒了口气。奇怪了，那个人也不见他有多大举动，怎么就觉得自己像刚从死亡线上逃回来似的，展琳展琳，虽然不是在自己的时空里，你的表现也太失败了吧！

被推进牢房，靠墙坐着发呆的艾布丽莲似乎吃了一惊："琳，你回来了？"

"唔。"拖着累赘的镣铐，展琳蹭到她边上坐下："你好像很惊讶的样子。"

"不……"避开她的目光，艾布丽莲支吾道："我以为……没……没什么……"

沉默了一阵子，她轻声道："你看到他了？"

"谁？"

"法老王。"一个词说得细不可闻，若不是周围太静，展琳几乎就听不见了。

"是的，我见到他了。"感觉到身边的女子异常不安地动了动，她疑惑地看了艾布丽莲一眼。

"你觉得……他如何？"几乎在问完的同时她呼地站起身，不安而懊恼地来回走动："对不起，琳，我不该问的，你不用回答，"她做了个绝决的手势："我不想知道，真的，不想知道。"

可琳却发现在幽暗的牢笼内艾布丽莲柔美的脸庞上隐隐有一点泪光。

"艾布丽莲?"

"不，不用告诉我……"

"艾布丽莲?"

"不用回答我……"

"艾布丽莲??"

"不用!"她几乎是叫嚷了出来，高贵的气质突然消失了，她颤抖着，颓废地蹲了下来，双手抱膝轻轻抽泣着。

"你怎么了啊?"轻叹着，展琳伸手将原本看上去比她成熟的女子拥入怀里："艾布丽莲，别哭，别哭。"

等哭泣的声音渐渐平复，她尽量用最温柔的声音道："那么，能不能告诉我……"

"什么?"艾布丽莲茫然抬起头。

"你是怎么入狱的?艾布丽莲，你这样典雅高贵的女子，究竟犯了什么罪被抓到这里来受苦?谁把你抓来的?"展琳安静而镇定地说出了心中的疑惑。

艾布丽莲打了个寒战，抬头迅速瞥了她一眼，随后重新将头埋在膝盖间，沉默。

见她没有回答的意思，展琳也不再追问，只是站起身

反复打量起高高的天窗及牢门，时而掂掂手中的镣铐，若有所思。

"通敌卖国。"许久，当展琳以为艾布丽莲已经睡着了的时候，她突然沉着头发出闷闷的回答。

"通敌卖国？"这回答好像不可思议。

"我是法老王的妹妹，"接下来的话让展琳几乎愣住，艾布丽莲抬起头，露出一丝苦笑，"也是他私下的情人。"

"情……情人？！"吃惊的展琳险些咬到自己舌头："可他是你哥哥！"

"有关系吗？"她的目光迎向展琳，一片坦然。与此同时展琳猛然想起在古埃及为保持皇室血统的纯正，近亲通婚的例子不在少数，所以对于艾布丽莲来说，兄妹相恋是十分正常和自然的吧。

"既然你是法老王的妹妹兼情人，那怎么会落到这个地步？"

"他要娶巴比伦的朵拉公主为后。"她凝视展琳的目光突然变得灼热，夹杂着一道凛然的怒意。

"呵呵，"展琳无谓地笑笑，"法老王有两个老婆平常得很，他要高兴，整个皇宫都是他的女人也没人管啊，你们大可以和平相处。"

"情人可以有无数个，皇后却只有一个，他从小便答应母后要娶我为皇后的！我不要做他无数女人中的一个，我只要做他一生里的惟一！"展琳下意识地避开她的目光，只觉得要是再不避开，会被这样的目光灼伤。

"可是……可是我却错了……"她低头捂住自己的脸："他铁定了要娶朵拉公主，还说我任性不可理喻，甚至都不再到我宫里来了。"顿了顿，艾布丽莲接着道："为了阻止他们，我偷偷和亚述王联络，承诺如果他可以帮我除掉朵拉，我便将我手中掌握的部分凯姆·特领土割让给他。"

"你……傻瓜！"展琳闻言皱了皱眉。

"我是很傻，计划还没完成，便被王兄发现了，他夺去了我的所有权利，把我丢到这里生不如死。"最后这句话相对平淡，她似乎恢复了原有的矜持，懒懒地坐到地上。

"你是他妹妹，一时的冲动造成的错误而已，他何苦这样对你。"

"你不了解的，"艾布丽莲枯涩地笑了笑："他不允许别人的背叛。能让我活着已经是最大的恩惠了。奥拉西斯绝对不能容忍背叛。"

闻言展琳一直蹲在地上往自己衣服的每个角落细细摸索着的手颤抖了一下："你刚刚说什么？"

"什么？"

"你刚刚提到的名字是什么？"

"奥拉西斯，我的王兄。"

"呼！"展琳直直地站了起来。

眼前走马灯似的出现那些昂贵的陪葬品，华丽的金

棺，以及棺材里让她惊艳的木乃伊……

"怎么可能……怎么可能?!"她突然有些失控般地低吼:"这该死的怎么可能?!"

艾布丽莲被吓着了，吃惊地看着展琳骤然间勃然变色的脸，和懊恼地转来转去的身影，一语不发。

"你想不想离开这里?"半晌，展琳转向艾布丽莲，有些突兀地问。

艾布丽莲被她阴晴不定的脸色震得惴惴不安:"想……想有什么用，一旦入狱就算是插翅也难飞了。"

"那我们逃吧。"展琳将一枚刚从缝在衣袖上的摸到的回形针握了握紧，几乎有些咬牙切齿地道。

从朵拉溢满龙涎香的寝宫内走出，清冽的夜风令奥拉西斯的精神为之一振。

"王。"一看到法老王出现，几名高大黑壮的侍卫立刻簇拥上去。

"我一个人走走。"

"是。"和来时一样悄无声息，这些高大的人影迅速无声地消失。诺大的花苑内只留下奥拉西斯一人不紧不慢朝自己的宫殿走去。

"啪嗒!"远处传来一点异样的声音吸引了他的注意。身子一隐，没入重重叠叠的花影中。

“艾布丽莲，快。”展琳低声催促跑得跌跌撞撞的公主，同时警惕地环顾四周。按艾布丽莲的说法，再走过几道宫殿，内河左上一直走就可以到皇宫的外围了。“守备似乎出乎意料地松懈呢……”展琳忍不住在心里嘀咕。跑半天也没看到巡逻兵的影子，古埃及的防范措施，确实相当的糟糕。

“琳，你太快了，我跟不上啊……”

“早说让你把裙子撕短点。”

“……”

目送她们跑远，奥拉西斯从藏身的地方走了出来，侧头，对身后微微一笑：“去，我要活的。”

身后的树丛一抖，十多条漆黑的身影窜了出去。

似乎又想起了什么，他的手轻轻拍了拍，顿时一道火光由他身边的灯柱开始，迅速延伸至整个皇宫，瞬间宫苑内灯火通明！

“你怎么啦?”展琳看着被火光惊得一下子跌坐在地上的艾布丽莲，急急地问。事实上，她也有些惊了，原本漆黑一片的宫廷内突然灯光大作，这决不是什么好兆头。

“琳……你……你逃吧……别管我了。”艾布丽莲目光茫然，颤抖着说：“他的侍卫很厉害的，我们……不……我是逃不掉了，你不要管我了，走吧!”

远处传来了喧哗声和脚步声，点点火把显示出来追踪者数目不小。展琳皱着眉急声道："你说什么呢，快跟我走！起来！"

　　"我跑不动了，你快走吧！王兄不会把我怎样，可你会死的！快走！"她抬头决断地看了展琳一眼："此刻宫门周围一定守卫戒严，你从那里出不去了，但是内河直通城外，如果你识水性的话就从那里潜出去。"

　　"艾布丽莲！"

　　"快走！"

　　望着越来越近的侍卫，展琳用力捏了下艾布丽莲的肩膀，转身腾身离去。

　　"王兄……"看着越走越近的修长身影，艾布丽莲浑身颤抖得几乎透不过气来。

　　站定身形，奥拉西斯露出一丝讥讽的笑："原来是我亲爱的妹妹艾布丽莲。如果我没记错，你应该还在黑牢里睡觉吧，怎么跑到这里来看风景了？"

　　艾布丽莲脸色煞白，嘴唇几乎要被她咬破，低着头，沉默着。

　　"你的同伴呢？"不等她回答，奥拉西斯犀利的目光环顾四周，随后眼神落到泛着银光的内河上，若有所思地问。

　　"她走了。"声音小得细不可闻。在距离一年后重新见到这年轻的法老王后，艾布丽莲没想到自己居然脆弱得会几近崩溃。

嘴唇微微扬起，侧头，他对身后的侍卫长低身说了句什么。看着侍卫长领命跑开，他回过头，重新看向自己颤抖不已的妹妹："你以为她能逃得掉吗？"

吸了口气，艾布丽莲强作镇定道："能的，琳和我不一样……"

"琳？原来她叫琳。"奥拉西斯挑了挑眉，直起身往内河方向踱去，只留下淡淡一句吩咐："带她回她的寝宫看守起来。"

被带走之际，艾布丽莲挣扎着往法老王远去的身影看了一眼：他，是不是发现什么了？

"哗！"从水里冒出头来，展琳大大喘了口气，惶然朝身后瞥了一眼，用力向10分钟前跳下来的岸边游去。接近了，双手撑地，一跃，人已轻巧上岸，还没来得及缓过气，十多把闪着寒光的长矛已抵着脖子将她团团围在中间。

"回来了？比我预想得要快。"清冽的声音透着一丝调侃，披着白色软袍的奥拉西斯负着手，在不远处似笑非笑地看着她。

有人会在自家花园里养鳄鱼吗？这样的人一定不是疯子就是傻子。所以当展琳在内河里看到一条条巨大的鳄鱼缓缓向她游来的时候，她惊得差点被吸进喉咙的河水给呛死，然后用不亚于奥运会游泳选手的速度迅速逃回岸边。因此当她在这里看到奥拉西斯时倒不觉得特别意外，只用那种能将人杀死的目光狠狠瞪着他，从牙缝里挤出几个目前她能想到的最能发泄她怒气的话："你……变态！！！"说的是中文，她并不期望那位法老王能够听懂。

没有害怕和惶恐，只有一脸的怒意，展琳的反应令奥拉西斯有些诧异。抬头看看漆黑的天空，轻启薄唇，他说了一个连自己都不明白的决定："把她带去我宫里。"

第三章　冲突

　　这算什么!!! 展琳一动不动坐在冰凉的大理石地板上，呆呆打量着自己。

　　5条手腕粗的超长铜链分别锁住她的脖子、双手及双脚。超长到底有多长？总之，链条的长度足够她在整个大殿里畅行无阻，但就是跑不出大门，也无法靠近位于南窗附近的那张华丽大床。而链条的另一端则牢牢铐在两人合抱那么粗的雪白石柱上。

　　"当我是洪水猛兽吗？"她嘲讽地笑笑，无可奈何地甩了甩手腕，她的两个手腕被牢固地铐在一起，虽然十指仍能动，但现在即使是把钥匙塞到她手里，她都没法去打开手腕上的锁了。

湿透了的衣服刺激伤口阵阵发痛，她望着空无一人的宫殿，轻叹一声，索性躺倒在地上：这样下去，自己早晚会烂掉吧。然后，眨眨眼，她看到高耸的天花板上雕着一只巨大的鹰，展开翅膀，似乎随时会猛扑下来。这个法老王，还真不是一般地喜欢鹰呢。

"不逃了?"门口传来奥拉西斯淡然的声音。

废话，我还有这能力逃吗！展琳翻翻白眼，依旧一动不动地躺着。

感到一丝轻柔的衣角拂过她身边，空气中传来似有似无的麝香味，然后，那张英俊得近乎邪魅的脸俯下来，贴着她的耳，低声道："说出你的来历。"

"没什么好说的。"

"有的，琳，你有的。"

"哎?"一惊，他怎么知道自己的名字?!

微微一笑："如果不说，我就这么绑你一辈子。"他慢慢道。

"你!"展琳猛地揪住他胸前的衣襟，半晌，松手，挫败地说："让我洗个澡，考虑考虑。"

"可以。"奥拉西斯站起身。

"可不可以不把我换下来的衣服扔掉?"

"可以。"

"可不可以不在这里洗？"展琳指着西边由半人高镂空墙隔开的池子。

"不可以。"

没想到经由巨大的落地帷幔一围，这里自然形成了一间独立的浴池。面无表情的女侍将热水注满池子，把替换的衣服放到池边后，便无声无息退了出去。

至少那个奥拉西斯虽然阴险狡诈残忍狠毒（至少展琳是这么认为的），总算还是保有王者的风度，刚才听到他说"不可以"时她几乎心脏漏跳半拍，以为得当着他的面洗呢，还好还好。她开始放心地与黏在身上脏乱不堪的衣服搏斗。

举首投足间铜链发出的"铮铮"清脆声清晰地回荡在宽广的宫殿内。

捧着茶杯靠在藤塌上，奥拉西斯的眼神无意间瞥向那道帷幔，却再也挪不开自己的目光。展琳艰难剥除濡湿衣物时狼狈的举动，交缠着颤动的铜链，被里面火光的投射清晰地映衬在巨大帷幔上，竟显出一幅诡魅般迷人的画面来。

毫不知情的展琳在舒舒服服洗完澡后，用最快的速度把干净衣服换上。所谓的衣服，其实就是上面一块布，下面一块布围成圈而已，不过倒方便了她这样被束缚住四肢的人。裙子很长，拖在地上很累赘，她小心地把裙子撕到膝盖以下，由此得到一大块上好的亚麻布，把从原来衣服里搜刮出的零零总总聚在一起包在这块布料中，再将解下来的一根三指宽牛皮带束到腰际，随后，目光落到静躺在水池边的那把乌黑小巧的手枪上，里面还有5枚子弹，两支备用弹匣早已遗失在那天的市场里，除非保命，她决定暂时不动用这珍贵的5发救命弹药。从池边架子上抽下一根绳子，将扎紧的布料及手枪饰物般悬挂在皮带上，这才拉开帷幔走出去。

"哧！"见到若无其事走出来的展琳，奥拉西斯差点被一口茶水呛死，继而猛转过身拼命忍住即将溢出喉咙的笑声。

拖着挂满因为被锁而褪不下去的破烂衣服的铁链，展琳一头雾水地看着那个有些失常的年轻法老王。片刻后，只见他拿起一把金灿灿的小刀，脸色阴沉地朝她走来。

"你……"话还没出口，展琳目瞪口呆地看着奥拉西斯手起刀落非常利索地将那些万国旗一样的破衣服割成碎片扔到地上。割除防弹衣的时候颇费了他一番力气，中间展琳瞅着他看了看自己的刀刃，再若有所思打量了一下她那块牛筋似的布料。

最后还是被他割烂了，凭着一股子牛劲……这让展琳颇为失望，原本是想看看他弄不掉那些东西时狼狈的表情的。

"好了，"做完这些，奥拉西斯好整以暇地坐到塌上，交叉双手淡淡地说，"现在可以告诉我了吗，你的身份？"

展琳低头看看光洁的大理石地面，再看看他，随后点了点头："好，我说。"

奥拉西斯眼色一闪，不动声色地看着她。

"我……来自……3000多年以后的亚洲，一个叫作中国的国家。"

静……

而展琳在说完这番话后便垂着头，眼帘也不翻动一下。风，带来远处隐隐的人声，天色破晓了。

许久，她听到奥拉西斯缓慢而略带沙哑的声音："你是不是认为我不会杀你？"

展琳抬起头，看向他一夜不睡而带点苍白，读不出任何表情的脸色："不。"

依旧寂静。

"你看，"她有些自言自语地道，"是你偏要我说的，但说了你又不信……"话音随着奥拉西斯徒然起身而终止，展琳怔怔看着他带着无形的压迫感靠近她，继而展臂近乎粗鲁地将她圈进怀中。

"可以，你可以不说你从哪里来，属于哪个人，"他散发着淡淡麝香味的气息包围住惊得睁大双眼的展琳，诡异地笑笑，一字一顿道，"从今天开始我便是你的主人，你的王，不允许欺骗，不允许背叛，你只属于我一人。"下一秒，冰凉的唇覆盖了她刹时变得苍白的口，以及即将脱口而出的反抗声。

"我不属于任何人！"直到他的身影走远，展琳才虚弱地叫出刚才没能及时喊出的反抗，因为用力握紧而微微泛青的手指一片冰凉。

意外的，展琳没想到这么快会再见到艾布丽莲。几天不见她转变得很快，原先苍白的脸色变得红润，迷人的大眼睛里闪烁着幸福的光芒。法老王经常会在自己宫里开夜宴，陪着他的有时是艾布丽莲，有时是一名美艳得不可方物的紫衣异国美女，从周围使女的低声议论中得知，她便是法老王传说中的未婚妻朵拉公主。偶尔的，艾布丽莲会乘别人不注意偷偷跑到坐在角落里摸着铜链发呆的展琳身边和她说几句话。

"琳，王兄现在待我和从前一样了呢。"

"琳，昨天王兄来我宫里了……"

"琳，你好可怜，我要去和王兄说，让他放过你。"

"琳，这是王兄赏赐我的耳环，你看，漂亮吗?"

…… ……

几乎隔三差五，艾布丽莲都会溜出来看展琳，然后和她说几句女孩子甜蜜的心里话，看得出，她此刻是幸福的，法老王似乎不再计较她以前犯下的过失，展琳衷心为她感到高兴，只是有时候在撞见朵拉公主看向艾布丽莲的暧昧不明的眼神时，她心里会觉得隐隐有些不安。

终于，在那么一个夜晚，法老还没有回自己寝宫，却意外走进独自一人，神色有些恍惚的艾布丽莲。

"艾布丽莲？这么晚了，你怎么会来？"

"守卫被我支开了……"

"什么？"

"琳，我是来道别的。"艾布丽莲一路走来，始终没有看展琳一眼，声音仿佛远得不是从她嘴里发出。

"道别？你要出远门吗？"

"出远门？"她嘴角牵了牵，露出一丝干涩的笑："是的，"她坐到奥拉西斯那张华丽的大床上，躺下，"王兄说，他要我嫁给叙利亚的王为妃。"

展琳一惊："为什么？他为什么要把你嫁去叙利亚？"

"他说，叙利亚王久闻我的美貌，不日就会前来迎娶我，以巩固两国良好的盟友关系……"声音空洞得不带一点感情，且渐渐变弱。

"艾布丽莲，你怎么了？"觉出不对劲，展琳起身向她走去，无奈锁链缠身，她只能站在离床几步外的地方，焦急地看着艾布丽莲。

过了好久，她的眼神转了转，看向展琳："我服了

毒……"

"你疯了吗！！！"听到她服毒，展琳震惊得几乎忘了身上的链条，纵身朝艾布丽莲冲去，却徒劳地摔倒在地上。

"我是疯了，"她喃喃地说，"爱上奥拉西斯的那一刻，我便已经疯了。但是，我现在还不会死，我要等他回来，问他，为什么对我这么狠心，他明知道只要能在他身边，即使只能看着他我也满足了，我不要当什么王后了，也不要当什么妃子了，我可以什么都不要，只要能够在他身边看着他就够了，琳，你说，他为什么还要这样对我……"

默然，展琳不知道该怎么回答这个痴心的女子，末了，她挣扎道："艾布丽莲，活下去，求你，活着就还有希望，死了，什么都不可能了！"

"你不懂的……琳……法老王的决定是没人可以改变的……"一丝殷红的血迹从她唇角滑下，她蜷缩了一下身子："好痛啊，他为什么还没来，琳，他为什么还不来？"

"艾布丽莲……"不知道有多少年没有流泪的展琳只觉得眼中雾气蒸腾，嘶哑着声音，她极力想靠近床上那个绝望的女子："求你了艾布丽莲，去找医生，活下去，求你了！"她的声音哽咽起来。

但艾布丽莲似乎已经忘了周围有人存在，只是不断地缩紧身子，轻声低喃："他为什么还不回来……"

当法老王回来时，天已经亮了，明媚的阳光照射在离床几步远抱头沉思的展琳，以及躺在他床上的一名身体蜷缩成一团的女子身上。

"谁允许你进来的！"认出床上的身影，奥拉西斯皱了皱眉，大步走上前。

"她死了。"展琳冷冷的声音令他一震，滞住了已经朝艾布丽莲伸去的手。

几名侍卫将艾布丽莲的尸体匆匆抬走，侍女们忙碌而安静地打扫着，不到片刻，一切恢复得和昨天一样，仿佛艾布丽莲从来没有在这里出现过，流过血。

由始至终，奥拉西斯一直面无表情，僵硬地站在床与展琳之间，背对着她不发一声。在清扫完毕后，他召来一名侍卫吩咐了几句，那个侍卫便走到展琳身边，将她身上的镣铐一一解开。

"啪！"她的手一得到自由，便重重甩向奥拉西斯的脸庞："你没有心！"

随即她被周围的侍卫牢牢制住。

抚着脸，奥拉西斯眼里闪过一丝惊诧，随即，震怒由眼底迅速蔓延开来，正待发作，不期然对上展琳那双凌厉萧杀的目光，他的眼神忽而一转，竟又恢复到平淡无波："你走吧。"经过她身边，他往门外走去："别再让我看到你。"

冲突

53

再次回到熙攘的街头，展琳有种恍若隔世的感觉。

被守卫推出高大的宫门，她转头对着那些雄伟华丽的建筑物感叹地抽了抽鼻子，甩甩在阳光下红艳的短发，转身融入人海中。

倚在平台上俯瞰展琳的身影直至消失，手一抬，一只黑色的雄鹰唿哨着盘旋飞下，落到奥拉西斯黄金的护腕上。取出一张卷成条的纸塞入鹰脚上悬着的铜制圆筒内，拧紧盖子，一振腕，黑鹰立刻又投向蔚蓝的天空。

"雷伊。"

"在。"一直跟在奥拉西斯身后那名黑甲战士听到召唤上前一步。

"盯着她。"

"是。"

第四章　小偷弟弟

"抓住他！抓小偷啊！！！"随着一阵尖锐的惊叫声，拥挤的人群里突然窜出一道灰色身影，越过展琳身边风一般地往比较空的街道狂奔。随后一个肥胖的老头勉强挤开人流钻出来，对着那道身影气急败坏地大叫大嚷。

一时兴起，展琳扭身跃起，借着周围琳琅的铺子足下几点便已赶上那个灰影，伸手揪住他的领口轻轻一旋，惊呼一声，那人失控闷头栽倒，怀里揣着的金银饰物撒了一地。

"死小鬼！呼呼！看你还逃！呼呼！"那个胖老头见小

偷被擒,气喘吁吁地跑了过来。

小偷正待挣扎,无奈被展琳制得动弹不得,只能转头用忿忿的目光瞪了她一眼。十五六岁年纪,一头桀骜不驯的长发,细致清秀的五官因愤怒而变得扭曲。还是个孩子啊,展琳心里不由叹了口气。

胖老头手忙脚乱地收完地上的首饰,这才堆着笑对展琳道:"多谢姑娘帮忙,这个小鬼可是个惯犯了,请把他交给我,我带他去报官。"然后脸色一变,转头对地上的男孩狠狠道:"小畜生,剁了你的手,看你以后还敢不敢偷!"

展琳感到手下男孩的身子微微一颤,这才想起在古代,这样的小偷是可能被处以砍断双手的刑罚的,依稀记得这条法律叫——以眼还眼。

"大叔,"伸手握住胖老头抓向男孩的手,她露出一脸灿烂笑容,"看他还是个孩子,不如交给我来管教如何?"

"呃……"胖老头心有不甘地抬起头:"不太好吧,他可是个惯偷了,不教训教训……"

"好不好?"展琳脸上依然是灿烂笑容,手里却暗暗加重力道。

"好……好……"胖老头痛得几乎冒冷汗,忙陪着笑道:"既然是姑娘抓到的,那就由姑娘处置好了。"

感到自己的手被松开,他立刻捧着那堆首饰头也不回地跑开了。

"你，"展琳拽起一脸不以为然的男孩，"跟我走。"

"喂！放开我，干什么！"男孩不甘心但又无可奈何地被看上去比他矮小的展琳牵制着往前走："放开我，你这个老女人！喂！！痛痛！！放手啦！！"

走到一条比较空旷的巷子里，展琳手一松，男孩猝不及防再次倒地。捂着被摔痛的屁股，他指着展琳气恼地喊："你个混蛋老女人！！干什么……"还没说完，冷不防被她一揪下巴，人直立起来，还没来得及反应，脑袋上已经挨了重重一巴掌。

"你……"话还没说出口，脑袋上又被闪电般拍了一巴掌。

"喂！！！会变笨啊！！"男孩捧着脑袋涨红着脸怒吼，却怎么也逃不开展琳鬼魅般的身形及闪电般的巴掌。

直到再看不到他用愤怒的眼神瞪着她，用难听的语言咒骂她，展琳这才停住手，打量着将手护着脑袋蜷缩在地上的男孩。

"还偷吗？"

他身不由己地摇摇头。

"那好，"展琳微笑着自顾自走远，"你走吧！"

从手臂下探出头，男孩晶亮的眸子注视着展琳远去的方向，一眨不眨。

饿，好饿啊……

走了一整天，不知不觉已经来到郊外。没碰过一点食物的展琳饿得有些脱力了。市场里那些烤面包的香味诱惑得她几乎要发疯，但她空有一身本事，却不敢拉下脸去偷，才教训了一个偷儿便去干那种小偷小摸的勾当，虽说是为了糊口，但怎么说都下不去那手啊，更何况……她回头瞥了一眼，长叹一声："喂，你到底打算跟到什么时候啊？"

"你走到什么时候，我就跟到什么时候。"既然被识破，男孩便掸掸衣服，从一尊破损的石像背后闪出，大模大样走到展琳身后。

"不是让你走了吗？"展琳无奈地皱眉。

男孩没有回答，两眼东张西望一副心不在焉的样子，脚步却始终跟着她。

就这么又默默走了片刻，突然……

"咕噜……"展琳脸色一变，一抹红晕瞬时蔓延到耳根，胃啊胃啊，怎么可以在这个时候出她的丑！！

一道好看的弧度从男孩薄薄的唇边展开："咦？什么声音？"

"没……没什么声音。"装傻！死小鬼！！

"哎？姐姐，你是不是饿啦？做人要诚实哦。"展琳突然觉得他清秀的脸笑得非常刺眼。脚下不由得加快了步伐：赶快摆脱这个可恶的小鬼吧！

"等一下！姐姐！"

"干啥!"没好气地应声,她徒然停下脚步,让跟在身后的男孩差点撞上她的后背。

"给……"一只大大的,散发着烤面包香味的纸包出现在展琳面前。

"这是什么?"她怀疑地看了看他。

"给你的。"男孩晶亮的眸子里看不出一丝异样。

"为什么给我?"

"为了谢谢姐姐今天的救命之恩。"很诚恳的模样。

虽然有些怀疑,但强烈的饥饿感还是促使展琳伸手接过纸包,轻声道了声:"谢谢。"

香……香啊!打开纸包,扑鼻而来的香味令她挡不住诱惑地咬了一大口:天啊……怎么从来没吃过这么好吃的面包!眯着眼,展琳几乎有些陶醉了,当下不再迟疑,大口大口吃起来。

微笑地看着展琳狼吞虎咽吃下大半个面包,男孩这才慢悠悠开口:"姐姐,好吃吗?"

"唔……"她点点头,继续吃。

"当然好吃啦,姐姐,这可是我从城里最有名的面包店里'偷'来的呢。"他故意在"偷"字上加重了语气。

"咳……咳咳咳咳咳!!"展琳差一点被卡在喉咙里的面包呛个半死,抬起满眼泪花的眼睛,她挣扎道:"偷……偷来的?"

"嗯!"他很诚实地点点头。

"……"盯着剩下一半的面包，展琳却是再也咬不下去了。

"姐姐。"男孩笑得很得意。

"干嘛?"是展琳挫败的声音。

"姐姐吃过我偷来的面包，现在我们是一条船上的了，是不是呀，姐姐?"展琳很想一拳把他嘴角的笑打掉。

"以后我们合伙干吧，姐姐，有你在我们一定偷遍天下无敌手了。"

"走开!!"

"我不会走的，姐姐，吃过我给的东西，你就是属于我的了。"

"臭小子!! 少给我胡说八道!! 走开!!!"

"姐姐，我不在你会饿死的，我也不要你偷，只要你帮我把追来的人打跑就成。"

"别来烦我!!!!!!!!!!"

"姐姐你走慢点啊! 女孩子跑那么快像什么话?"

"滚!!!!!!!!!!!"

"姐姐，我叫雷，你呢?"

"神啊! 救救我吧!"展琳低着头逃一般一路狂奔，身后紧紧跟随着笑容灿烂的快乐少年……

"雷，我必须找个活干!"熙攘的大街上，两个身影一

前一后走着。被风尘吹得变成黄灰色的亚麻斗篷将展琳从头到脚遮得严严实实，掩盖住她与众不同的发色和相貌。

"哦，你今天说了5次了。"雷兴趣浓浓地东张西望。

"我是认真的。"咬着雷顺手从面包店"借"来的大麦饼，她神色凝重地道。

"不是我说你，大姐，自从你把别人的衣服缝成了布袋，帮人家洗衣服时把衣服全都洗烂，现在还有谁敢请你做事啊。"

"我可以学啊。"

"学?"雷嗤笑："谁那么好心来教你啊，可惜你不是男人，不然还能应征入伍或许以后能前途无量，可惜……"话还没说完，展琳突然朝他猛扑过来："小心！！"

身躯落地，展琳抱着他就地一滚，一队快马惊险地从他们边上冲了过去。

"没长眼睛啊！小乞丐！"远远的，为首那人自马上丢下这句怒冲冲的话来。

"混蛋，嚣张的家伙。"

"他当然嚣张啦，乌兹姆将军的侄子就算刚才把我们踩扁也是我们活该啊。"大难不死的雷整整衣服，眯着眼望着那群人消失的背影慢条斯理地道。

"乌兹姆将军的侄子?"展琳皱皱眉："你这小鬼知道得还真多。"

"姐姐！你占够我便宜了没?"捧住自己的脸，雷突然

怪声怪气大叫起来，惊得展琳忙不迭从他身上跳起："喂，你个死小鬼！乱叫什么啊！！"

没有回答，却看到他捂着脸蜷在地上微微颤抖："喂，你没事吧？"

摇头，继续颤抖。

"你怎么啦？？"觉得不对劲，展琳蹲下身用力扯下他的手，却看到雷一张憋得通红的笑脸："臭小子！"她重重一拳砸在他脑袋上。

"雷，你要带我去哪儿？"入夜，跟着神秘兮兮的雷在漫天黄沙的城外走了很长一段路的展琳终于忍不住开口问道。

"嘘，快到了。"翻过一个坡，雷拉着展琳压低身子轻声说："看。"

"咦？是他们？"火光照出几顶帐篷外酒醉醺醺睡着的人影，展琳认出正是白天差点撞到他们的那几个人。

"他们怎么会在这里？"

"这里是他们在城西的营地。"雷边回答，边矮着身体往他们那里靠近。

"喂！你干嘛？"展琳压低声音急急地问。

离他们越来越近的雷冲她笑嘻嘻地做了个嘘声的动作。随后在她的注视下跑到那堆人附近栓马的地方，小心翼翼地解下一匹马，牵着它轻轻走了回来。

"你在干嘛?"展琳用口型无声地问他。雷笑笑,一直走到她身边,才问道:"会骑马吗?"

"不会。"她老老实实地摇头。

翻身上马,雷朝她伸出手:"把手给我。"

不知道是因为大漠的夜色,还是因为骑在马上别样的英姿,此刻的雷显出不同于往常的成熟来,展琳不由自主把手递过去。

稍一用力,她已稳稳坐到马上,靠在雷温热的胸膛前。觉得隐约有点不妥,展琳刚要偏离他坐直身体,不料马突然发出一阵嘶鸣,撒腿往前狂奔起来,令她尚未坐稳的身体再次重重撞入雷的怀中,同时,一条抓着缰绳的结实臂膀不由分说圈住了她纤细的腰。

"喂!你……"扭头还没来得及抗议,却看到被马鸣声惊醒的那堆人手忙脚乱地抓起武器纷纷上马朝他们追来。展琳只得暂时放弃抗议,任由雷把她牢牢护在臂腕间,策马在浓浓夜色中飞奔。

没想到雷的骑术竟是那么精湛,身下的马风驰电掣般的速度转眼间便把追兵甩开。不出片刻,连绵起伏的沙海和深沉得几乎贴近大地的天空已经吸引了展琳全部注意。

她觉得自己在飞。

辽阔的空间,清冽的夜风,马背上腾云驾雾般的感觉令展琳觉得自己仿佛是翱翔于天空一样,这样恣意洒脱的感觉让她激动得想尖叫!

"好玩吗,姐姐?"雷带着笑意的声音从背后传来,透着他特有的干净气息。

展琳点点头,张开手,感受着夜风快速滑过她指间的奇妙感觉。

"如果不做这样奇怪的动作,姐姐基本上还是蛮可爱的。"

"乓!"头也不回,她一拳挥向身后那个眉飞色舞的小白痴,于是雷漂亮的眼睛上多了个黑圈圈。

"姐姐!你知不知道随便打人是很不好的习惯啊!像你这样野蛮谁还敢娶你!"雷捧着脑袋哀号。

"谁说的,"展琳挑挑眉,"像你姐姐我这样如花似玉、武艺卓越的美女,想娶的人如过江之鲫,多得赶都赶不走,谁有我这样的老婆那可是上辈子积德!"边说,她的手指还神气活现地在雷面前摇来晃去。

"我想吐……"

"乓!"雷的眼睛上又多了个黑圈圈。

"老女人!你存心让我明天见不得人啊!"

"哈哈,活该!"

"还敢笑?你这个美男杀手!!"

"美男?美男在哪里?"

"老女人!你很可恶啊!!!"

"展琳，你变得不像你自己了呢，那个 AT 三人组里沉稳冷静的大姐，不知不觉中跑到哪儿去了?"笑闹中，展琳的心中忽然生出一丝惘然。

尼罗河边，人头攒动，隐约传来阵阵悦耳的音乐声。

"雷，那里在干什么?"

"有人在举办婚宴，"雷观察了一下道，"是附近穷人家的婚礼，热闹着呢，要不要去看看?"

"好啊!"

"姐，你怎么像个白痴一样，什么都好奇啊。"

"乓!"

"混蛋老女人，又打我……"

穷人的婚礼虽然简陋，但果然如雷所说，热闹得很。不论认识与否，进去道声贺便被热情的主人拉进去招待以自家酿的美酒。靠近河边的空地上燃着高高的火堆，一群群男女老幼在空地里随着欢快的乐曲声翩翩起舞。受到美酒和气氛的感染，展琳微醺着脸，睁着亮亮的眼睛看着跳得畅快淋漓的人群，身子不由随着节奏微微晃动。

一群少女早就注意到人群中显得俊逸醒目的雷，当下嬉笑着围上来热情地邀请他加入舞蹈的行列。

"要一起吗?"雷站起身后转向展琳，有些突兀地问。

"我? 可以吗?"琳有些迟疑。

随手扯下她蒙着头的斗篷扔到一边，雷一把抓住展琳的手腕："试试。"

这就是平时一本正经凶巴巴的展琳吗？乐曲声中，雷有些惊诧地看着眼前能将身体旋转扭曲至不可思议角度的女子，由刚开始时的拘谨，到现在奔放而灵动的舞步，火光中她微醉慵懒的容颜，被汗珠折射出流光的曼妙身躯，瞬间凝固了周围所有人的意识。

越来越多的人停下了脚步，用艳羡的目光注视着场中央那一对舞得浑然忘我的卓然少年和灵秀女孩。

直到听到四周高涨的喝彩和掌声，回过神来的雷立刻带着醉熏熏的展琳逃似地跑出了婚礼现场。

"咦？不跳了吗？"被冷风一吹，清醒点儿的展琳不解地看了看雷有些怪异的脸色。

"老女人，跳得这么张扬干嘛，又不是舞伎！"

"臭小子，说什么哪！"想也不想就是一巴掌挥过去，却被雷轻轻避开。

"你！"展琳一瞪眼正要发作，突然被边上一个有些沙哑的声音打断："这位姑娘，可以打搅一下吗？"

回头看去，一位个子小小的老头站在边上，抚着山羊胡眼神晶亮地瞅着她。

"大爷，有什么事吗？"

"我是专门负责给重要祭祀献舞的舞蹈部挑选优秀舞伎的总管勒墨德，刚才有幸看到姑娘的舞姿，相当出众，不知道姑娘愿不愿意来我们这里……"

"她不是舞伎，姐，我们走!"

"等等!我只是要她帮忙而已，1个月后是尊贵的法老王的生日，到时候会举行相当盛大的典礼，而我们这里跳得最好的舞伎的腿受伤了，所以想请这位姑娘帮忙……"瞥见展琳被雷拉上马，他急急道："当然，报酬也是丰厚的!"

"哦?"展琳眼神一亮，不顾雷的阻拦从马背上滑下："报酬多少?"

老头伸出五根枯瘦的手指晃了晃："500金。"

"1金可以换多少大麦?"

"三袋。"

"先预付100。"

"成交!"

第五章　心迷

　　"呵呵呵……我们也有房子了啊。"靠着那 100 金，展琳买下贫民区一栋拥有两个房间一个厨房的简陋小屋，终于结束了风餐露宿的生涯。忙里忙外收拾了一天，她舒了口气，躺倒在硬邦邦的床上喜孜孜地说。

　　"姐，你笑得像个傻子。"坐在窗台上，雷叼着一支麦穗漫不经心地道。

　　"嗖！"一只洋葱不偏不倚砸在雷饱受蹂躏的脑袋上。

　　"姐！有没有人说你很会虐待人！！"

　　"我只虐待傻瓜。"

"笨蛋老女人!"

"傻瓜小男人!"

"姐!"

"干嘛?"

"别去那个什么舞蹈部。"语气一转,雷的声音突然变得有些认真。夕阳照在他消瘦修长的身影上,勾勒出淡淡的一层金色。

愣了愣,展琳坐起身掠了一下头发:"不行,我们已经收了人家的钱了。"

"还掉啊。"

"还?"她挑挑眉:"拿什么还?"

"我帮你还!"跳下窗台,雷直视着展琳。逆着光,展琳读不出他面部的表情。

"你帮我还?"她皱皱眉:"怎么还?靠偷吗?"话一出口,她随即后悔:"对不……"还没来得及道歉,雷已经拉开门大步走了出去。

"雷……"

目送瘦削的身影消失,展琳突然感觉,屋子里暗了许多……

呼吸……呼吸……我要呼吸!张口用力吸了口气,展琳猛地清醒过来:"你……你在干什么!"瞪着一脸坏笑紧紧捏着她鼻子的得意少年,她气急败坏地问。

"不这样你起得来吗，老女人。"

"那也没必要这样吧！"拍掉他脏兮兮的魔爪，展琳捂着鼻子闷声抗议："居然用剥过洋葱的爪子来碰我鼻子！！"

随即，想起了什么，她抬头看看笑得一脸灿烂的雷："那个……昨天的事，你不生气了吗？"

"昨天？什么事？"一副迷茫的样子。

"没……没什么。"忘记了吗？到底是神经大条的小孩子，嘿嘿……展琳侥幸地偷笑。

"姐，怎么又笑得像个傻子？"

"乒！"展琳的拳头已经熟门熟路。

"姐，快起来吃饭吧，等会还要去舞蹈部呢。"摸了摸自己的脑袋，雷出乎意料地没有大声抱怨。

"呃？你不反对我去了？"

"反对有用吗？"垂下头，雷神色有点黯然。

抱着膝盖，展琳认真地打量着眼前的少年：原来，他并没有忘记，这个别扭的男孩呵。她嘴角露出一丝微笑："雷……"

"唔？"雷抬起晶亮的眸子，望向展琳猫一般灵动的双眼。

下一秒，传来雷一声凄厉的惨叫："老女人！！！！你干什么啊！！！！！"

"看你还闹别扭，不坦率的家伙，哇哈哈——！！！"扯着雷涨得通红的脸，展琳笑得张牙舞爪。

"勒墨德这个老狐狸，果然不是一般的狡猾啊！"托腮坐在离地十米高的圆锥形舞台上，望着直径只有一米多宽的台面，展琳忍不住苦笑。早知道500金不会那么好赚，没想到居然会是这种难度的。抱着一堆长长的彩带，她为那天因赌口气而施展的那段"仿水袖舞"懊恼不已。

那天是她第一次来舞蹈部，一些资深舞伎因不满她出来乍到就被委以重任而对她冷嘲热讽，激得好胜心强的展琳当场来了段胡编乱造的水袖舞，当然，古埃及可没有漂亮的长长的水袖，她用的是悬挂在大殿里的彩带。这天的即兴发挥让舞蹈部的人看得目瞪口呆，随后极满意的勒墨德把她带到这个表演台下，指着高高在上的舞台对她说："琳，那就是你表演的地方，因为是主舞嘛，当然是要站得最高、最醒目了，嘿嘿，你慢慢熟悉环境，我有事先走啦。"随后丢下傻了眼的展琳一走了之，直到今天都没见他出现过。

"姐，你表情温柔点好不好，这样不像跳舞的女神，倒像是快断气的八爪鱼啊！"

"闭嘴！"一根彩带由半空用力抽了下来，雷一跳避开，继续幸灾乐祸地吼："啊，我说错了，快断气的八爪鱼哪有那么大的劲道呢？说垂死挣扎的八爪鱼会不会好点？"

"姐！我说错了！不要啊！！"看到展琳铁青着脸从舞台上"杀"下来，雷顿时抱头鼠窜。

"下次再捣乱就不许来接我了！"回家的路上，展琳重复着每天都要说一遍的警告。

"下次保证不会了。"雷重复每天信誓旦旦的保证。

要不要买点鱼吃吃呢，天天啃土豆实在有点腻了，展琳寻思着，打量着一个个摊位。忽然，眼睛的余光感受到一丝异样的目光，冷冷的，刀一般从身边滑过。

"什么人？"展琳凝神警惕地观察四周，人来人往，却再也捕捉不到那个目光了。

"姐，我们快点走吧，天要黑了。"冷不防，雷一拉展琳的手腕，加快了脚步。

"呃？"一瞬间感觉到有人悄然逼近，还来不及做出戒备，却身不由己被雷扯着越走越快。

接近贫民区，人流开始稀少，拐了个弯，展琳将雷拉住："雷，等等。"

"快回家吧。"雷显然不想停下脚步。

"你是不是也感觉到了？"

"感觉到什么？"

"有人在跟踪我们。"话音刚落，她一个回旋将背后袭来的身影踢飞。在雷瞪大的瞳孔中，她瞥见一把闪着寒光的刀并做出了以上反应。

"想干嘛？"转身面对不知从哪儿出现且渐渐逼近的数条身影，展琳将落到地上的弯刀踢到自己手中，摆出防御的姿势挡在雷前面，冷声问。

他们穿着普通商人的服装，长长的斗篷及面巾将整个脸几乎完全蒙住，只露出精光四溢的眼睛。

一声唿哨，这群人不约而同地朝他们两个疾风般猛扑过来！

"锂！"以刀身挡住来袭的刀刃，展琳只觉得虎口震得微微发麻，惊，对方是极有力而且迅猛的，这样的身手绝对曾受过有章法的训练！

"雷！你快走！"抽空推了身后男孩一把，她又接下数刀。

"姐……"一心应付难缠的对手，展琳没注意到在她保护下雷铁青挣扎的神色，以及时而握紧，时而松开的拳头。

杀死3000多年前的古人对未来会不会有什么重大影响？这问题展琳已经放弃考虑了，当她挥刀割断那名砍向雷的男子的咽喉时，染血的刀锋便再也停不下来。

"走啊雷！快走啊！！"对着身后只知道躲闪，就是不肯听话逃开的雷，展琳想不通平时滑头得像条鱼一般的少年怎么在这时变得迟钝起来，那些人可是真正亡命之徒啊！虽然对他们被追杀的原因一无所知，但有一点是肯定的，那些人不顾一切地要他们的命！

意识到展琳的难缠，余下几人互相使了个颜色，突然齐齐朝雷扑去！

惊呼一声，展琳扭身回防，却不料他们猛地改变方向，刀身反掷的同时另一只手一抖，白色的粉末在展琳眼前毫无预警地绽开！

急忙伸手去挡，眼睛里已然吃到了不少粉末，顿时刺痛得睁不开眼来。

耳边传来雷的惊叫声以及刀子呼啸而来的破空声，几把飞刀在第一时间一齐朝她飞来，而她却因为眼睛的受袭而一时失去反应能力，"完了"，她几乎放弃闪避的打算。

手腕一紧，有只冰冷干燥的手在带动她移动身体，虽然手臂上被狠狠扎入一刀，但总算避开了致命的袭击。随后，在那只手坚定的牵引下，她跟随手的主人在黑暗中拼命奔逃。

纤长的手指斜握住刀柄，下压，轻挑，"扑"地一下，半弯的刀身从伤处迸出，溢出一蓬鲜红。当炙热的火把熨烫到伤口上，展琳忍不住低哼一声，眼前黑了黑。

"姐！"丢下火把，雷飞快地为展琳包扎伤口："很痛吗？一会儿就好。"

"我没事，"望着一头汗水面色苍白的雷，她安慰地笑笑，"雷的手艺不亚于一个真正的医生呢。"

感觉雷的手指顿了顿，片刻后，他仔细地完成最后一道手续："我一直被人追打，当然要学会这些基本处理伤势的方法了。"

　　"你说，那些人是谁？为什么拼了命地想杀了我们？"

　　"不知道，可能是我以前的仇家。"背对着展琳收拾地上的狼藉，雷轻描淡写地道。

　　"以前的仇家？"展琳不以为然地摇头："得罪那样的仇家你这小鬼能活到现在简直是奇迹，他们的目的绝对不是教训一个小乞丐那么简单……"话还没说完，却被雷捂住口："别想了，早点休息吧，伤这么重，后天法老王的生日典礼就别去参加了，我明天去和他们说。"

　　"那不行！"展琳扯下他的手："这点伤口没关系的，你不许去和他们说！"真是的，想当年她受了比这严重得多的伤还能和匪徒火拼，这一点伤算得了什么。

　　默然看了看她，雷转身出门："那你早点休息。"

　　"雷。"看他即将走到门外，展琳突然叫住他。

　　"什么事啊姐？"

　　"等有了钱，你去读点书，学点手艺吧。"

　　怔了怔，他笑笑："好的，姐。"

　　在温度逐渐升高的小屋子里醒来，发现已是中午了，习惯性想开口叫雷，却想起他今天有事一早便已经出门。

　　"姐，明天我有些事，不能去看你的表演了，你自己

一定要当心啊。"

好吧，有事有事，你这小鬼还能有什么正经事要办？不看就不看吧，那可是你自己的损失哦！伸个懒腰，展琳因伤口的牵扯而痛得龇牙咧嘴。

摇摇晃晃来到舞蹈部，别人都早已换好衣服等着了。

"琳！你可来了，我还以为你有什么事了呢。"许久没露面的勒墨德不知从哪里钻了出来，堆着一脸关切的神情迎向展琳："你的脸色不太好啊，听说这两天你身体不舒服，要不要紧？"

死老头，是担心演出砸锅吧。漫不经心扫了他一眼，展琳淡淡道："我没事。"

"没事就好，"勒墨德嘿嘿笑着，"衣服在里头，你快点换，我们马上要去宫里了。"

感觉被一堆烈火烫着了眼，展琳有些惊艳地看着面前那套裙服。

红色，收腰紧身的绸质上衣，衬着轻盈微透明的薄纱长裙和宽松长袖，四周围绕着云雾般光滑的红色缎带，华丽妖艳得让人吃惊。

"这可是巴比伦使者从遥远的东方运来的，"看到展琳惊讶的神色，勒墨德不无得意地道，"全凯姆·特只有这么一件，稀罕着呢，你看，是不是很衬你的发色啊？"

回过神，展琳点了点头："总管大人，我要换衣服了，可不可以请你出去？"

"好的好的，快点啊，嘿嘿……"小老头捻着胡子乐颠颠地走了出去。

看到他身影消失，展琳立刻关上门，转身，将那一堆轻柔的衣服搂进怀里，用脸磨蹭着这些熟悉的面料：

这辈子回不去了吗？我的家园……

夜幕降临，底比斯王宫内灯火通明，人声鼎沸。高耸的看台下，是宫里最华丽的祭台，十米高的舞台架在祭台中央，这样的高度离看台上法老王的座位很近，就是为了便于王看得清楚而专门设计的，四周围绕着无数鲜花与彩带。

坐在帐篷里，展琳百般无聊地听着周围那些舞伎兴奋的低声议论，等待表演开始的时刻。

"好多人啊。"

"听说来了好多国家的使者。"

"真难得，可以亲眼看到王，听说他长得像神一般俊美呢！"

"少花痴了，再美也和你没有关系，你有没有见过他的未婚妻朵拉公主？听说漂亮得不可思议。"

"嘘！看，王来了！"

远远的，最高看台上出现了一行黑甲士兵，走到看台

边分两处站定，随后，头带代表上埃及的白色王冠，身着
白色短衫金色披风的年轻法老王领着一身绣金黑裙，冷艳
的朵拉公主出现在看台上。

四周一片寂静，所有的人都站了起来。奥拉西斯淡然
扫视一圈，随后同公主一起坐下，抬手示意，众人这才重
新落座，音乐声响，气氛再次热闹起来。

"咦？黑鹰将军也来了啊？真是稀奇！"一名舞伎突然
指向看台兴奋地轻嚷。

"啊？是吗？他不是一直不喜欢参加宴会的？这次怎
么会出现？"

"真的？让我看看！让我看看！"门口处几名眉飞色舞
的舞伎挤作一团。

"谁是黑鹰将军？"看她们这么兴奋，展琳有些好奇地
问。

"不是吧？琳！你居然连法老王身边最年轻有为的黑
鹰将军都不知道？"听她这么问，那些舞伎纷纷露出不可
思议的表情。

"他很有名？"不想被那种目光杀死，展琳缩了缩头，
不甘心地问。

"法老王身边有两只最宝贵的雄鹰，一只是给他传递
重要信息的赫露斯，还有便是年仅19岁就当上法老王麾
下第一部队黑骑军统领的雷伊将军了，因为他经常一身黑
甲，又因为他打仗时作派雷厉风行，所以王给了他个绰号

叫黑鹰。"

"这样啊……"展琳若有所思地点点头，望向高高的主看台。果然，在光芒四射的法老王身后，悄然站立着一条修长的黑色人影，忽明忽暗的火光中，他带着头盔的脸看不真切。

"喂！都傻杵在这里干嘛，快准备一下，马上要上场了！"勒墨德不知何时出现，紧张兮兮地催促。

悠扬的乐声响起，身着白色筒裙的舞伎由四面八方涌入祭台，围着白色圆锥形舞台翩翩起舞，随着四肢有节奏的抖动，缀在她们手腕脚腕上的银铃发出清脆悦耳的声音。连绵起伏的身影，远远望去好似托着尖塔的白云。

忽然，所有音乐静止，只留下银铃错落有序地打着拍子。紧接着，一道红光从正对着舞台的帐篷内闪出，灵蛇般顺着台上的阶梯蜿蜒爬上至高顶端。解开绳结，十多米长的红色皎纱自肩头滑落，瀑布般沿着雪白的舞台缓缓坠地，与此同时，展琳皓腕一掷，一团如火红纱直射入半空，绽放，落花似地四散而下。

周围顿时寂静无声，这样壮观的入场方式他们还头一次看到，而台上那明眸皓齿的红发少女，用她在火光与落纱中灵转摇曳的身姿更在瞬间生生夺去了所有人的神智。

无声的，奥拉西斯离开座位走到平台边缘，倚着围栏单手支肘，撑着头，读不出什么表情的眼睛里闪过一丝光

来。这个女孩，第一次出现在他面前时狼狈却桀骜，第二次出现在他面前时愤怒而大胆，第三次……他的嘴角突然弯成一个漂亮的弧度：第三次出现在他面前，却是这样美丽得令人心颤。同一个人，怎么会给人这么多不同的感觉来呢？

该死！怎么办……从上台后用力抛出彩带时牵动伤口带来一阵撕裂般的痛，不知不觉手臂上的衣料已被伤口渗出的鲜血浸透了！脚步微微感到发软，展琳只能不停告诫自己要坚持住，马上就能结束了。

旋转720度，弯腰，抛纱，抬头，不经意对上俯瞰着她的奥拉西斯若有所思的眸子，吃了一惊，头一眩，腰竟再也直不起来，失去重心的展琳软软往台下倒去……

为什么，每次碰到这个人自己都该死得那么倒霉?！为保护他的陪葬品和木乃伊莫名其妙地落入3000年以后的古埃及、差点被他的马拖成碎片、被他抓去坐大牢、在他皇宫安静漂亮的内河里碰到鳄鱼……一直到现在突然犯晕，从10米高的舞台上头朝下坠地，老天啊，自己在21世纪亲手保护的那个混蛋老古董难道命中注定是自己的灾星?? 如果时间可以倒退，她扪心自问还会去保护那批展品吗? 答案绝对是——否！

一条有力的臂膀突然伸出，闪电般托住展琳的背，轻轻回转，她便跌进了散发着淡淡麝香味的怀抱中。感觉抱着自己的人旋身一荡，稳稳落到地上，她这才意识到，自己居然得救了。

"不是吧！"被放到地上，抬起头，看到奥拉西斯毫无温度的双眼，展琳只觉得被一桶冰水从头浇到底："为什么……为什么救我的居然是这个家伙！"

抛开借力的彩带，奥拉西斯抬起抱过展琳的右手看了看，随即皱眉——手心里触目惊心一抹猩红："你受伤了。"

"小伤而已。"众人闪闪烁烁的目光和窃窃低语令展琳颇为不自在，而来自看台上一束严厉审视的目光更令她仿若芒刺扎身。一甩头，她挑衅般回瞪着两手撑着看台围栏，用冰冷的眼神看着她的朵拉公主。

吃了一惊，朵拉公主下意识避开了她的目光。

"我好像记得以前吩咐过不准你再出现在我面前。"没有理会展琳无礼的态度，奥拉西斯淡淡地问。

"忘了。"

"你怎么会跑到勒墨德的舞蹈部里？"

"为了钱。"

"钱和我的命令哪个更重要？"

将视线转向法老王那张波澜不兴的俊脸，琢磨片刻，琳吐出一个字："钱。"

哗然。

倒抽冷气的声音源自边上哭笑不得的众舞伎。一副看好戏的表情来自周围窃窃私语的各国使者。

扬了扬眉，奥拉西斯出乎意料地微微一笑："好，赏！"

随后在展琳有些吃惊的目光中，法老王一甩披风转身若无其事地返回看台。

音乐重新响起，人们的目光再次投入到热闹的祭坛中去，片刻间忽略了展琳的存在。

错觉吗？站起身回到帐篷去的路上，总觉得有道隐约的目光在她背后留连，而回头看去，又什么都感觉不到了。头晕，今天很不顺利啊。

拖着疲惫的步伐回到贫民区的小屋。

四周寂静无声，屋子里漆黑一团，雷可能已经睡着了。

踮手踮脚走进屋，摸索着寻找火石，谁知道好死不死一脚踩到滚落在附近的土豆上，轻呼一声，人猛地往前栽去。

黑暗里突然闪过一道身影。

瞬间，肩膀被温暖的手护住，展琳撞入一副结实的胸膛内。

"谁！"

正要挣扎，头上轻轻响起熟悉而略带沙哑的声音："你回来了。"

"雷？"展琳有些惊讶地抬起头："你还没睡？"

"没，我在等你。"松开手，雷点亮了油灯。

有种莫名的感动，她笑笑说："等我干嘛，怕我会在王宫里惹出什么祸来吗？"

"很难说哦。"

"你！"

"你的伤口裂开了。"侧头避开展琳习惯成自然挥来的拳头，雷翻掌将她的手握住。

火光下，展琳支着头看雷一丝不苟地为她上药，包扎："喂。"

"嗯？"

"有没有人说过你皱着眉头的样子像个小老头？"她坏笑着用空闲着的左手手指戳了戳他微蹙的眉头。

细长的睫毛一颤，雷的眼里有一丝古怪的光。扭头闪开捣乱的手指，他一本正经地说："有啊。"

"哦？谁？"

"一个白痴老女人。"

"你……臭小子！！"

"呵呵，白痴。"

清晨，被阳光晒醒的展琳舒服地伸了个懒腰，神清气爽地翻下床。

雷似乎出门了，无聊地洗完脸，被强制禁足三天的展

琳准备出门去晃晃。

踏出门，一群小孩嬉笑着从她面前跑过，心情真好，微笑着，她目送这些快乐的小孩打打闹闹跑向街道口，突然，脸上的笑凝住了……不会吧，这么倒霉？

只见那些孩子消失的方向，一队人马正缓缓朝这里走来，为首的，赫然是一身短甲，有着邪魅容颜的法老王奥拉西斯！此时，他正带着漫不经心的笑容听边上战战兢兢的官员说着什么。

瘟神挡道，今天不宜出门！展琳叹了口气，正准备缩回屋子，猛听到一声清朗的叫声："琳！"

跨出的步子不甘心地收回，她认命地转过身："原来是尊敬的无比高贵的法老王，会在这里碰到真是蓬壁生辉三生有幸……"

"你在恭维我？"说话间，奥拉西斯已经策马来到展琳身边。

"我不知道什么叫恭维。"是某些人自作多情而已。

"琳，我救过你的命呢，有必要总是对着我张牙舞爪吗？"

"不要指望我会因此而感激你。"直视着奥拉西斯深邃的眼，她淡淡道。

"你很固执。"低叹一声，他忽然伏身吻住了展琳的唇。

"啪嗒！"重物落地的声音一瞬间夺回展琳全部的意识，她猛地推开他，倒退数步用手背狠狠擦着自己的嘴唇："你！混蛋！！"

有所感应地转过身寻向声音的来源，却看到雷微微泛青的脸，动也不动僵立在自己身后不远处："雷……"

他似乎没有看见展琳，只是慢慢将目光移向马背上法老王没有丝毫温度的眼，僵持了片刻，他震了一下，单膝跪地，头垂了下来。

马蹄声越走越远，而雷没感觉似地一直跪着不动。展琳忍不住跑过去蹲下身搭住他的肩头："雷，他走了，雷。"

腰一紧，展琳毫无防备地落入雷炙热的胸膛中。

"雷?!"

"一会儿……"俯在她耳边，雷低声道："就一会儿，姐……求你……"

温热的气息拂得展琳双颊泛红，她失去推开他的勇气，只是一动不动地由他搂着，越来越紧的臂膀，仿佛要将她整个揉入他的世界……

第六章　琳，我爱你

　　月色如水，赤着上身，只着一条白色围腰的法老王斜靠在卧榻上静静地看着文书。如缎的黑发垂在肩头，在夜风中丝丝缕缕荡漾。

　　半晌，他沉寂的脸上溢出一丝微笑："你来了。"

　　黑色身影悄然出现在法老王身侧，单膝跪下，带来一缕清淡的微风："王，深夜召臣来不知有什么急事？"

　　"两天后，回我身边。"

　　"王?!"黑影人身子一颤。

　　"你的任务已经完成，给你两天时间，到时就回来吧。"

"那她怎么办？"

"我自有安排。"

"可是……"

"走吧。"淡淡挥手，法老王口中是不容质疑的语气。

古代叙利亚地区位于亚非欧三大洲，扼古"锡道"要冲，是古代海陆商队贸易枢纽，历来为列强必争之地。埃及曾多次发动过对叙利亚地区的征服战争，力图建立和巩固在叙利亚地区的霸权，但埃及建立霸权的努力遇到了埃及强邻赫梯的有力挑战。此时一个位于美索不达米亚地区的国家——亚述，因其好战的习性及先进的军事装备而在群雄角逐中悄然兴起，而叙利亚，也是他们虎视眈眈的目标之一。

熊熊的火光照亮青铜面具后那双灰色野性的双眸，张扬的银发狂乱地披散在脑后。接过部下递来的那副闪着幽光的长弓，有力的臂膀轻扯，拉出一道漂亮的弧度，指着远处在废墟中挣扎逃跑的小孩。

指动，箭脱弦，远处奔跑的小孩突然颤了一下，红雾般的鲜血从后颈急速喷出，倒地。

垂下手，屹立在这座被 3000 铁骑践踏成一座死城的空城内，亚述王辛伽嗜血的薄唇露出淡淡的笑："只是开始。"

"雷，你怎么了？"看到平时大大咧咧的雷盯着盘子里的食物心事重重欲言又止的样子，展琳忍不住地询问。总觉得自从那天碰到奥拉西斯之后，雷就变得不太正常。

"我在想……"

"想什么？"

"土豆好难吃啊。"

"咚！"展琳手里的勺子重重砸在他头上："吃！"

摸了摸头，雷不吭声地把土豆塞进嘴里。

沉默。

这顿饭索然无味，匆匆吃完，展琳开始收拾桌子。

"姐，我惹麻烦了。"突兀的，雷开口道。

停手，展琳不动声色看着他："什么样的麻烦？"

"很麻烦的那种。"

"没法解决？"

"没。"

"你打算怎么办？"

"离开这里。"

"离开？"展琳一挑眉："去哪儿？"

"孟菲斯。"

"……"

"姐。"

"……"

"和我一起走。"

"为什么，"转过身，展琳面无表情道，"你逃难，没必要我得跟着你。"

"姐，你真狠心。"

不理会他可怜的表情，她将头别向窗外。

"好吧。"打开门，雷非常落寞地往外走去："也许我会被人杀死的……"

手一颤，想起那天在街上遇刺的一幕，展琳咬了咬唇，挫败地低下头："算了，我和你一起走就是了！反正也正好想去参观那座政治宗教中心。"

回过头，雷笑了，很灿烂的那种。

"有必要连夜出城吗？"夜色中，两个被破旧的斗篷罩得严严实实的人影穿过街头，步履匆匆地往城门赶。

"嗯。"漫不经心地回答，雷的双眼一直看着城门。

"你好像有点紧张，怕什么呢，又不是第一次出城。"展琳有些好笑地看着神情异常的雷，却冷不防被他抓住手："别说话，姐，出去就好，快。"

一怔，他的手，冰得可怕……

忽然，雷的脚步止住了，顺着他阴鸷的眼神，她看到城门处那些守门的士兵不知道什么时候换成了一列列黑甲骑兵，神采奕奕地把守着每道关口。

"他们是什么人？"

"黑骑军……"

雷下意识握紧展琳的手："我们走。"

高大的城门就在眼前，却仿佛又遥不可及，难道他知道自己会这么做吗？四周的人很多，混在里面并不起眼，几步而已，只差几步而已。

"啪!"一柄长枪斜斜挡在面前："你们，站住。"

"大人，有事吗?"松开拉着展琳的手，雷垂着头问。

"把斗篷解开。"

"我不明白大人的意思。"

"揭开你们的斗篷。"十多骑黑甲士兵在一个头领模样的骑士带领下慢慢靠过来，为首的这人淡淡道。

眯着眼，他若有所思地打量着垂着头的雷。

叹了口气，转头看了满脸疑问的展琳一眼，他伸出修长的手指解开斗篷。

斗篷顺着他桀骜的长发滑下，抬起头，雷对着马背上的骑士微微一笑："他让你们来的?"

顷刻间，马背上的骑士纷纷翻身下马，围着他俩跪倒在地："属下参见将军!"

瞪着不可思议的眼睛看到雷傲然挺立在一群跪着的将士面前，周身骤然间爆发出凌厉的威慑之气！苍白着脸，她听到自己嘴里发出冻结人心的声音："雷，到底怎么回事?"

“果然在这里啊，我亲爱的雷伊将军。”随着微带戏侃的声音，一身白衣的年轻法老王在侍卫的簇拥下缓步走了过来。

雷伊将军?!黑鹰将军?!雷?!种种念头在展琳的脑袋中瞬息万变，回过头，看着雷无温度的眼神，她顿时什么都明白了。

“两天期满，这就是你的答复吗?”

无语。

“知道背叛我的代价是什么?”

“王!”对着法老王，雷突然双膝跪下，匍匐在地：“臣不敢背叛王，但臣也不得不这么做!”

“放肆!”从不轻易动怒的奥拉西斯突然脸色一变，美得摄人心魄的眸子凝聚起两点危险的寒光：“雷伊，你在做什么，骄傲如你，竟为了她像个奴隶一样趴在我的面前吗!”

一片寂静，法老王无形的怒气把周围的人如木偶般凝固在当场。

“雷，你是奥拉西斯派来监视我的?”

“雷，为什么要欺瞒我?”

静默中，传来展琳冷静得有点过分的声音。

“姐……”

“不要叫我姐!!!”乍然一声怒吼，展琳腾身后翻，没等四周的士兵反应过来，她已经退出包围圈：“我不认识

什么雷伊将军，不认识！"从未有过的悲愤出现在展琳眼中，不再看雷那近乎绝望的眼神，扭转头，她拔足消失在茫茫夜色之中。

温热的水滋润了干涸的喉咙，呷呷着嘴，展琳从昏沉的黑暗中醒来。

白色披风，金光四溢的鹰形王冠，面前的身影怎么这么眼熟？

"奥……奥拉西斯？"迷迷糊糊中她毫不客气地直呼对方的名："怎么每次我倒霉时总会碰到你……难不成你也死了……"

衣领猛地一紧，她被一只大手狠狠提起，意识瞬间恢复，展琳睁大眼看着眼前一手托着碗，一手揪着她领子的奥拉西斯。

半晌，他将她丢到地上。皱着眉，他脸上似笑非笑："是不是很巧，我又救你一命了，琳，你该怎么感谢我？"

"谁会要你救?!"粗哑着嗓子，展琳用肿胀的喉咙发出嘶哑的抗议："我只是睡了一觉而已！"犹记得那晚气急败坏一个人冲出城，在旷野中漫无目的跑了一个晚上，等恢复思考，却发现自己已经迷失在无垠的沙漠之中。激怒之后内心空荡荡的，于是茫然朝前不停地走，不知道是白天，还是黑夜，直到最后的意识消失……

五根手指在她眼前晃晃，奥拉西斯不动声色地道："五天，你这一觉睡得够长，如果不是赫露斯带回你衣服上的碎片，只怕你早成了秃鹫的美餐。"

无语，目光在法老王带来的队伍中搜索。

"找谁？"站起身，他一脸明知故问的表情。

眨眨眼，展琳的目光移向远处。

"亚述侵犯，他带兵援助叙利亚去了。"

手一抖，她看向奥拉西斯。

"如果顺利，他会在几天内赶回孟菲斯，作为报酬，"他瞥了展琳一眼，慢条斯理道，"我以太阳神的名义起誓，把失踪的你完整无缺地找回来。"

赫然出手扣住她的下颚，奥拉西斯低头欺近展琳，淡淡的气息袭向她读不出表情的脸庞："他是个尽职的军人，所以不会为了私人放弃拯救一座城市，而我是他称职的主人，既然发过誓，无论如何都要把你找到。"低叹一声，他的眼神变得有些深沉："你，差点让我没法实践自己的诺言呢，还好，不算太迟……"最后那句话，声音透着一丝暗哑。

许久，他松开手，转身翻上马背："我要回孟菲斯了，那边的马和食物是给你的，想上哪儿就去哪儿吧。"

"等等！"眼看大队人马就要走远，展琳突然出声。

勒住马，奥拉西斯回过头，挑挑眉。

"我……"红着脸，展琳有些艰难地开口："想去孟菲斯……”

“哦？你这是在求我吗？”

捏了捏拳，她有些咬牙切齿地道：“请你，请你带我去孟菲斯。”

“琳，你真是很不坦率呢。”嘴角扬起一抹笑，奥拉西斯转头策马：“上马，在队伍后面跟着。”

孟菲斯，位于上下埃及交界处，一度是埃及国都，到中王朝时期虽然被底比斯取代，但仍然是重要的政治和宗教中心。

“进去吗？”行宫门口，奥拉西斯回头看向展琳。

寻思片刻，她点点头。

转过头，奥拉西斯大步走了进去。

没有底比斯宫殿张扬的华丽，孟菲斯行宫内却散发着古老庄严而神秘的气息。每根石柱，每座雕像都在不动声色述说着曾经的荣耀。走在这样黝黑延绵的长廊内，展琳的心情是肃穆的。

轻轻的脚步声，一群赤裸上身，着白色筒裙的光头祭司簇拥着一抬软轿匆匆迎了出来。到了法老王面前，放下软轿，他们跪了下来：“恭迎法老王。”

见到斜靠在轿上的人，展琳不禁轻抽了口气——天使吗？一张苍白的，与奥拉西斯相似的绝美脸庞，但不似他的英气逼人，他的美是阴柔而细致的，长长的黑发几乎拖到地上，夹杂着醒目的银丝。一身白衣的他闭目蜷靠在轿子的软榻上，看上去单薄而脆弱。

"俄塞利斯。"听到奥拉西斯低柔的召唤，软榻上的人动了一下，继而睁开眼。

修长，美丽，却无焦点的双目，天使是盲的……

"王?"声音低沉悦耳。

"没收到我的信吗?"

"收到了。"

"为什么没有回音?"

"不想去底比斯。"

"你是第一神官，必须出席。"

"俄塞利斯不想参与这场闹剧。"

"所以我亲自来接你了。"淡淡的，不容拒绝。

坐着不动，俄塞利斯看不出任何心绪，半晌，他叹了口气:"我想出去透透气。"

无声地让到一边，奥拉西斯静静地看着祭司们重新抬起软轿，往外走去。

经过展琳身边时，年轻的神官忽然直起身朝她转过头，空洞的目光似乎冲破黑暗定定地望着她:"你叫什么?"

愣了愣，半天展琳才意识到他在和自己说话:"呃……

琳，我叫琳。"

"琳。"他自言自语重复了一句，继而重新靠下，一行
人渐渐走远。

"想知道他是什么人？"望着欲言又止的展琳，奥拉西
斯微微一笑。

点头。

"从刚出生就被神指定为凯姆·特的第一大神官，俄
塞利斯是我哥哥。"

暂住在法老王行宫的日子，展琳让自己过得很忙碌，
每天帮助那些使女清扫收拾，借着倒茶送水之机打探远方
的战事，空下来，有时她会一个人坐在宫殿高高的围栏
上，眺望远处的城门。

已经十天了，探子不断带来战事吃紧的消息，与亚述
在挪地亚城的遭遇战打得比想像中艰苦。为了增援雷伊的
部队，法老王新派了1000名士兵赶往挪地亚城。

第15天，两军汇合，战事依然不见起色，一条条来
自远方的消息用简单的句子描述了亚述部队的善战与残
忍，他们的作战能力已大大超出埃及人的想像。

20天，战争持续，法老王与朵拉公主原定的婚期延

后，大量努比亚雇佣军出现在孟菲斯，蓄势待发。

6天没有战场的消息了，笼罩在孟菲斯上方的空气安静而诡异。

坐在空旷的神殿内，抚摩腰间小巧的手枪，面前，是巨大的太阳神拉的塑像。展琳并不相信企求神能给这场战争带来多大的影响，但她此时需要一个安静的地方进行思考。

"琳。"

一惊，回过头，却看到祭坛边静静坐着天神般幽雅美丽的大神官。本以为来祈祷的祭司早已经走光了，没想到这个病弱的，连路都不能行走的大神官却还在，无声无息，竟让一向警惕的展琳毫无知觉！

"琳，你在想什么？"

"没想什么。"

"我听到你对神的质疑。"

"我哪儿敢！"微微一笑，展琳避开他空洞的目光。

"你想动用你不属于这个世界的力量。"

一颤，她不动声色地看向俄塞利斯。

"我不懂你在说什么，大人。"

"琳，"苍白的脸色忽然露出一丝奇特的表情，"你从哪里来？你的命盘不属于这里。"

静，静得可以听到自己的心跳声，诺大的神殿内两个人遥遥对峙。

俄塞利斯美丽的眸子透过展琳望着不知名的彼岸，展琳思绪种种的目光极力想透过他空洞的眼睛窥见其所望。

不知过了多久，远处隐约穿来一片沸腾声。

俄塞利斯淡然的脸上忽然露出一丝笑来，轻轻道："你所期望出现的，已经来了。"

愣了一下，展琳猛然醒悟，站起身头也不回地朝外奔去！

整整一个月，三支汇合的部队终于在雷伊出色的指挥下成功击溃亚述军的凌厉攻势，结束了 30 天噩梦般的战争。

马背上，一身黑甲的雷伊疲惫的目光在城里兴奋的人群中搜索着。

她不会在的，她不可能出现在这里，她不会原谅我对她的欺骗……

如潮的人流将他包围，无数激动的埃及少女伸出手想亲手触摸马背上这位只闻其名，却很难见得到其面的神秘俊逸的年轻将军。

"雷！"一声熟悉的叫声从半空中响起。

身形一滞，雷伊有些不敢置信地抬起头。只见在众人的惊呼声中，一道白色身影从天而降，红色的发如同跳动的火焰，一头扑入他宽阔的怀中！

"姐……"被冲撞得差点掉下马背的雷伊震惊地看着紧勾住他脖子的展琳，继而伸手一把将她用力抱住："你不生我气了吗，姐，不生我气了吗？"伏在她的颈窝，脸颊磨蹭着她轻柔的发丝，他有些呼吸不稳地低语。

"一次，"抬起头，展琳晶亮的眸子望向雷伊深邃的眼："就一次，雷，不要再有第二次欺骗，否则我……"

话还没说完，声音已消失在雷落在她唇上深深的吻中……

"琳，我爱你。"

"我可不可以当作没听见？"

"已经来不及了。"

第七章　破命之人

　　巨大的阿舒尔神像下跳动着熊熊火焰，石座上靠着默不作声的亚述王，青铜面具在忽明忽暗的火光下显得狰狞而诡异。一旁，战战兢兢的侍女小心翼翼地给他肩膀上的伤口做着包扎。

　　"黑鹰将军雷伊……"想到战场上头一次看到凯姆·特那个传说中年轻将军马背上卓越不凡的英姿，以及最后一次交手时他在自己肩膀上留下的这道深可见骨的伤，辛伽抿紧的薄唇扯出一丝奇怪的笑来。边上的侍女一惊，不小心竟扯动了他的伤口。

皱眉，他冷冷的灰眸扫向身边那名瞬间脸色苍白的侍女："废物。"手一扬，她脖子上赫然裂出一条红线，瞪着眼，怔怔看着越来越急的鲜血从细得像线般的伤口涌出，侍女一声不吭地跌倒在地上。

站起身，将侍女的尸体踢到一边，他慢慢朝殿外踱去。

"王！凯姆·特传来的消息！"远远飞奔来一名年轻侍卫，跑到辛伽面前"扑通"跪倒，双手呈上一份卷宗。

接过卷宗，辛伽淡淡扫了一眼：18 日后，凯姆·特王于底比斯同巴比伦公主举行婚礼。

"统治凯姆·特的金鹰，守护凯姆·特的黑鹰，如果能把他们征服……还真是件很有趣的事呢。"将纸揉碎，抛撒，望着半空中盘旋堕地的纷扬纸片，面具后那双闪烁的眼睛渐渐出神。

"他是个魔鬼。"

"哦？"嘴角微扬，奥拉西斯不动声色的目光静静地看着身边黑色身影。

"每战必会亲征，带着一副青铜面具，他率领的军队袭击速度快得惊人，第一次遭遇，我们几乎溃不成军。"平静的语气述说着不平静的经历："所经之处尸骨堆积如山，妇孺不留，王，臣还是第一次看到这样擅战残忍的部队。"

"亚述王辛伽……"侧着头,奥拉西斯若有所思,片刻,他轻声问:"对此,你有什么看法,雷伊?"

"假以时日,必会是我凯姆·特心腹大患。"

一样的天空,一样的沙漠,一样的城市,一样的街道,一样的房屋……

不一样的心情。

"琳,马上就快到我的府邸了。"

"唔……"

"回去叫制衣部的来帮你做几身新衣服。"

"唔……"

"想吃些什么我让人……"

"唔……"

马蹄突然停滞,吃了一惊,抬头,对上雷伊满是疑问的眼。

"琳?"

"什么?"

"我怎么觉得你这两天有点怪,老是躲躲闪闪的?"

"哪有。"

"你没事用这碍事的玩意裹得密不透风的做什么??"冷不防一把扯掉罩着展琳全身的斗篷,愣了愣,双眉随即皱起:"你发烧了?脸这么红!"

"扑通!"展琳一屁股跌坐到地上,顾不上痛,她捂着脸紧张地道："没有！"

翻身下马，雷伊修长的身影逼近满脸通红的展琳，半晌，轻轻道："我知道。"弯腰，伸手，一把捏住她发烫的脸："红脸猴子。你在害羞吗？"起伏的胸膛发出闷闷的声音，他笑得张牙舞爪。

在那么多黑骑军目光闪烁的注视下，展琳恨不得挖个洞钻进去。七手八脚扯掉那个无赖的魔爪，她懊恼地站起身。正准备重新上马，冷不防被一双有力的臂膀圈住。

"你后悔了？"耳边，拂过他淡淡的气息。

"没……"只是对突然从姐姐变为女朋友感到别扭……

"琳。"感到围着自己的臂膀渐渐收紧，展琳匆匆抬头看了他一眼。

深邃的眼，黑亮得像夜空里的天狼星。心跳加快，她忙不迭低下头，却被雷伊用手轻扣住下颔。

"别扭的家伙，我不会让你逃开的。"张开披风裹住在他气息中有些心慌意乱的展琳，雷伊低下头吻住了她。

"雷！你真奢侈！"庞大的将军府，简直是缩小版的王宫。

褪去战甲，换上轻软的便服，雷伊俨然一副倜傥少爷的样子，挑挑眉，他不以为然地道："前代法老王赏的，太大了。"

"你喜欢收集武器?"边上一排排琳琅的武器吸引了展琳的目光。3000 年前的武器啊,不是被岁月腐蚀的随葬品,而是崭新的,泛着微微金属光泽的利器。

"对,各种武器,来自各个不同的国家。"

"没有铁制的……"

"你居然知道铁制武器?"站起身,雷伊走到展琳身边。

"当然。"随手抽出把青铜剑放在手里掂了掂,她没有注意到他有些惊讶的眼神。

"全凯姆·特只有法老王配有一把铁剑,是过去赫梯国使者进贡的。"

"拥有铁制武器的赫梯国让凯姆·特很头痛吧?"

"没错,尤其现在又崛起了因被特殊地理环境所造成的对土地贪婪无度且相当好战的亚述帝国。"

"群雄争霸的场面啊。这个时候,一批精良的武器可以起到力挽狂澜的作用吧。"抚着粗糙的剑身,展琳若有所思:"雷,凯姆·特现在可有铁矿?"

"有。"

"可会锻造?"

"并不成功。曾经派探子去赫梯国偷学过工艺,但铸出来的远没有他们的坚硬。"

铁器吗?那钢呢?在铸铁长期加热氧化脱碳可以韧化、可以锻造加工的基础上,提高炉温,使铸铁半熔,并向炉内吹入过量空气，铸铁中的碳分就可在短时间去除，即可得到钢，再经过反复锤打使其致密，脱去杂质，就可形成钢器，这样的话……也许铸造钢铁武器并非是件不可能的事。

"琳，你在想什么?"看着独自出神的她，雷伊忽然有些明白为什么一向波澜不兴的法老王会对一名来自异乡的女子满怀好奇，殊以待之。懂得铁的价值，展琳绝非普通女子!

"什么? 不，不，没什么。"自己在胡思乱想什么啊，在这个连铁器都相当稀罕的时代炼出钢铁，那不是改变历史吗! 眼珠转了转，展琳突然怪笑一声，猛扑到雷伊背上:"雷! 我饿了!!"

"猪啊! 快下来!"

"背我去饭桌!"

"下来!"

身后微微袭来的风吹皱一泓碧水，风中夹带着淡淡的麝香。

"你来了。"没有回头，坐在轮椅上沉思的年轻神官睁着空洞的眼，仿佛自言自语般道。

"在底比斯住得惯吗?"

沉默，片刻，他扯出一丝笑:"王要我待在底比斯，我怎么敢住不惯。"

"俄塞利斯，你是属于卡纳克神庙的，只有宏伟如它才配得上成为你的神邸。"

"卡纳克只属于阿曼神，我只是他小小的奴仆。"

"不要违逆我，俄塞利斯。"

"俄塞利斯不敢。"

"好好为我的婚礼做准备。"

"我看到了火光和杀戮，她是个不祥之人。"

"不要和我说什么命盘星象，我只相信我的安排和理智。"

"既然不信，何必要我赶到这里为婚礼祝祷乞福?!"扭过头，俄塞利斯暗淡的眼里隐约含着怒意。

"俄塞利斯!"神色一敛，奥拉西斯冷冷道："我需要她的国家为我牵制赫梯和亚述，你空有看破未知的双眼，却看不到邻国蠢蠢欲动的野心和逐渐强大的兵力吗?"一甩披风，奥拉西斯愤然离开。

脸色由愠怒逐渐转为苍白，俄塞利斯如同雕像般呆坐在河岸边。河水无风自动，在他脚下悄然划出一道又一道环状波纹。四周无人，只有安静的天与地无声见证着这一幕诡异的景象。

"不可避免的杀戮，依星象的轨迹显现，回天者……破命之人，火焰上盘旋的尼罗河之鹰……"

"破命之人……破命之人……"随着他喃喃急促的低语，脚下荡漾的波纹越来越密集，渐渐的，四散的波纹交错纵横，显现出一个人型画面来。

"是你吗……"弯腰，伸手，搅乱一片清水，紧蹙的眉头悄然松开。

随着法老王的大婚将近，一批批友国使者陆续赶到凯姆·特，因此而带动大量商队入驻底比斯，而巴比伦王的长子巴特罗也将于近日携带丰厚的陪嫁品代表父亲赶来参加婚礼。底比斯空前热闹。

"一座生机勃勃的城市。"牵着骆驼，商人打扮的男子走在拥挤的街头饶有兴趣地道。

"人太多了，主人小心。"

没有理会随从的话，他漫不经心地往人群中挤进去。

不期然迎面走来一个和他同样漫不经心的人影，只顾着往边上看，两个人毫无防备地撞到了一起。

淡黄色头巾滑落在地上，露出一头火焰般的发，以及发下明媚的脸："对不起对不起。"边拣起头巾，边连声道歉。抬起头，对上一双深灰色细长的眼眸，展琳露出歉然的笑。

刺眼！这女孩怎么像一团燃烧的火焰，烧得他眼睛发痛，这笑容……真想亲手把它掐碎！火焰般的发，火焰般的气质，烧得地狱般的心不安地嘶吼！

"对不起应该由我来说，你没事吧，小姐？"苍白的脸上一张无害的笑容。

"我没事。"笑笑，心里却"咯噔"一下——眼前这个清秀的，一脸笑容的男子怎么让人觉得有点不安？

"琳小姐，这边来！我们在这儿呢！"街对面，一起跟来的两名使女朝她使劲挥手，适时摆脱了展琳的不自在："我走了。"她指指男子身后。

微微颔首，他闪到一边，默默看着这名说不清是什么国家的女孩从他身边一阵风般地掠过。

"琳小姐，那个人好无礼！"不但无礼还让人心寒。

"是啊，都走那么远了还盯着咱们的琳小姐看，如果让将军知道非挖了他眼睛不可！"

雷好像没那么暴力吧……汗……

"噢！你知道他眼睛老盯着小姐看还不去骂骂他?!"

"呃……但是他看上去很结实的样子……"

"你真没用！"两个使女嘀嘀咕咕地随着展琳返回雷的府邸。

夜，曼陀罗花香萦绕整个宫殿，暧昧而迷离如同靠在软榻上朵拉公主凝望着年轻法老王的眼。

她知道自己是美的，人们称她为巴比伦明珠，是比巴别通天塔还要神秘美丽的巴比伦明珠。18年来，她一直自信而骄傲，这世上没人能抵挡得住她妖娆的诱惑。然而，这份自信在第一眼见到那位漠视一切，高傲俊美得如神一般的法老王后，土崩瓦解。

淡淡柔和的气息，纠缠人心的如丝黑发，琢磨不透的深邃的眼，桀骜不屑的笑……明明就在身边，却不为任何人而存在，不管怎样努力都无法触摸到的心呵……

"王，要走了吗?"见他一如往常般毫无留恋地起身，她淡淡地问。

"时候不早，你早点休息吧。"

"王似乎不喜欢留宿在朵拉宫里。"

"多心了，我只是在自己寝宫里才能睡得着。"整理好衣冠，他头也不回地走了出去。

皱眉，眼里瞬间闪过一丝怨怒，慢慢地，又化作一道无奈。垂头，轻轻叹息……

这样就够了吧，对这样一个男子不能要求更多了，至少，他对任何女人都是如此，至少，自己即将成为他惟一的皇后，至少，也算对他来说是特别的了吧。

深吸了口气，夜风将奥拉西斯胸腔内郁积着的甜腻花香尽数带走，倚靠在宫殿外的围栏上，月光下泛着银光的内河尽显眼底。

恍惚间，依稀出现一个狼狈而桀骜的女子，暗火般的发，明亮而灵动的眼，闪烁着刺人的犀利，她说："你没有心！"

蹙眉，合上眼，不再高傲的唇轻启："琳……"

"真的要带这玩意吗？"

"琳小姐，法老王婚礼这么隆重的日子，所有出席的
人都是穿得这么正式的。"

"像唱戏的啊。"

"小姐……你不能失礼的，"捧着镶纯金莲花顶饰的玛
瑙假发，使女洛丽塔微微叹气，"看，多美啊，这可是将
军特意为你的发色配的呢，每颗玛瑙都是用最好的。"

"好吧。"看着洛丽塔将发套小心翼翼地戴到自己头
上，随后把红玉胸饰围到白裙的领口处，镜中自己的眼有
些朦胧，这……真漂亮呢……

"琳，好了没？我必须先走了，你……"话还没说完，
直愣愣闯进屋内的雷伊望着回过身来的展琳刹那间失神。

"喂，你怎么了？"看他这样目不转睛瞪着自己，展琳
不禁有些心虚："很怪吗？"

"那个……你带的是大厅里的那只花瓶吗？"

脸暴红："我换掉算了！"

正要转身，冷不防被雷伊一把抓住："不用。"收手，
将她拥入怀中。

"不用？我可不想顶着花瓶出门！！"

"骗你的……白痴。"将头埋在展琳白皙的颈窝，他发

出低低的笑声。

"猪啊！"

"你……真美。"靠在雷伊温暖的胸前，耳边拂过他淡淡的气息："琳，我都不怎么敢让你去参加婚礼了呢。"

一瞬间有些神思恍惚……不过几秒钟后，展琳猛地醒悟……

"那可不行！"她立刻抽身抗议，3000 年前古埃及法老王的婚礼啊，不看怎么对得起自己！

看着她瞪大的眼睛，雷伊扑哧一笑，捏了下她的鼻子："好吧，我得先过去了，一会儿卡罗得将军会过来接你去神庙，"随后，神色一敛，他一本正经道，"给我记住，别再到处张扬。"

"我保证！"

卡纳克神殿因为其浩大的规模而扬名世界，它是地球上最大的用柱子支撑的寺庙。形象地说，卡纳克神殿的体积可以装下一个巴黎圣母院，占地超过半个曼哈顿城区。神庙规模宏大，全部用巨石建成，主殿雄伟凝重，面积约 5000 平方米 。

而此时，展琳正站在高达 38 米的庙门前。

不是 3000 多年后已经残破不堪的遗迹，眼前壮丽簇新的庙宇完整地呈现在她面前，令她激动得几乎不能呼吸！古埃及人的智慧啊，怎么会创造出如此惊心动魄的美来！蔚为壮观得让人的心灵变得虔诚。

庙外已经人山人海，无数平民想借机一睹法老王及未来王后的风姿。展琳在卡罗得将军的引领下进入神庙主殿内等候，她因内心膜拜而在门口驻足的片刻，却引起人群中一双眼睛的注意。

深灰色，细长的眼睛，若有所思的目光：那个火焰般的女子，能进到神庙内观礼，身份必定不低。但是为什么报告中没有提到过她？她到底是什么人？

远远，传来一片喧哗声："来了，他们来了！"

金色马车上，头带上埃及白冠及下埃及红冠，一身华服的年轻法老王与朵拉公主并肩而立。周围簇拥着化妆成诸神的神官以及换上了重甲的黑骑军。身后绵长的队伍，是一群欢乐的白衣少女，手提篮子将里面芬芳的花瓣用力撒向四周围观的激动人群。

随着守候在殿内的人们涌到大门口迎接即将到来的法老王，展琳在华丽的队伍中搜索雷的身影。很快便寻到了那抹围着淡金色光晕的修长人影，同年迈的丞相一起分两边随伺在法老王金色的马车边。感受到她注视的目光，他抬头朝她微笑。

一抹阳光般的笑在展琳脸上绽开，巍峨的石门下，她情不自禁地朝雷用力挥挥手。

忽然，另一道目光毫无预兆地慑住了她，同时凝住了她脸上灿烂的笑。

淡淡的，若有所思的目光，来自金色马车上，站在光彩夺目的新娘身边，那个神祇般的法老王……

错觉吗？还是正如雷所说的自己太张扬了？总之，引起那个人的注意绝对不是什么好事。寻思着，展琳一步步倒退，将自己隐没在拥挤的人群中。

及至法老王及朵拉公主踏入神殿，一身白衣的首席大神官俄塞利斯才坐在轮椅上由 18 名祭司簇拥着缓缓进入祭坛，早就应该在这里恭候法老王的他显然迟到得有些过分。但是几乎没人想到责怪他，奥拉西斯刻意忽略了他的晚到，而其他人则在见到他的一刹那被他阴柔的魅颜和沉静的气质所压倒，瞬间，诺大的神殿内一片寂静。

"伟大的拉神见证，"无神的眼眸在高高的祭坛上对着所有观礼的人，轻启薄唇，低柔的嗓音在空旷的大殿里静静流淌，"诸神之子，我凯姆·特伟大的法老王奥拉西斯·卡·阿曼在今日娶巴比伦公主朵拉·美蒂尔斯为妻，共同治理上下凯姆·特，神之光辉照耀两国，祝福凯姆·特与巴比伦之间永久和平，永远不再产生敌意，永远保持美好的和平和美好的兄弟关系……"

"……这到底是婚礼致词还是在签定和平条约?"没听出多少对婚礼美好的祝愿和寄语,冗长的婚礼祝祷里反复强调的只是加强两国的和平关系和要求新娘对丈夫的无比崇敬及忠贞不渝,越听越不是味道,皱着眉,展琳有些困惑地扫视着殿堂上光芒璀璨的那一对新人,四周面带笑容目光却隐隐闪烁的来宾,看似淡然但眼神警惕的侍卫,最后,目光落在高高在上的大神官俄塞利斯身上。

仿佛有所感应,俄塞利斯苍白而庄严的脸上竟显出一丝浅浅的笑来。

入夜,丰盛的酒宴在皇宫内举行。

借口一天劳累,朵拉向奥拉西斯请求提前回寝宫休息。漫不经心地应允了她的请求,奥拉西斯的目光一直没有离开大殿下翩翩起舞的努比亚舞女妖娆的身姿。

紧紧拽着手中的纸条,朵拉绷着脸匆匆赶回自己的寝宫。

"王后……"见到她突然回来,使女们匆忙迎出。

"你们出去。"

"可是?"

"出去,都出去,没我的吩咐不要进来。"

"是。"

摒退所有使女,她这才步入房间,关门,一瞬间,双腕被一双有力的手钳制住反圈至背后！"谁……"没来得及惊叫，便被火热的唇封住了颤抖的口。

熟悉的气息令惊恐万分的朵拉渐渐安静下来，移开唇，她低声道："是你?"

"怎么，才几个月不见，我的巴比伦明珠便把我给忘了吗?"黑暗中，修长粗糙的指轻轻摩挲着她耳边微卷的发，灰色眼眸折射出诡异的光芒。

"你……你没说你会亲自过来。"

"想你了，宝贝，来看看你在凯姆·特过得好不好。"带着意味深长的笑，他的唇在她脸上不安分地移动。

轻轻挣扎一下："我很好。"

"怎么，我的宝贝似乎并不欢迎我的到来。"一挑眉，他反手将她压倒在床上。

"不要!"一声惊呼，朵拉奋力挣扎起来。

"不要什么?"不理会她的抵抗，他张嘴咬住衣襟，自肩膀处扯下。

"不要这样，他马上会来，求你! 不要这样!"挣扎越发激烈。

手腕一松，他放开她站起身，微微一笑："也对，我怎么忘了，今天是个特殊的日子呢……"

舒了口气，朵拉颤抖的手悄悄整理自己的衣服。

"宝贝。"

手一抖："什么？"

"我想我们当初所做的约定你没有忘记吧？"

"没……没有。"

犀利的目光凝视着朵拉略带慌乱的眼，片刻，他转身走到窗畔："很好，我相信你不会让我失望的，宝贝。"一提身，人已跃出窗外。

直至那人身影消失，朵拉苍白着脸如同雕像般坐在床沿，一动不动。

浓烈的熏香味和酒精味混杂在一起，这滋味实在让人不太好受，特别是这样一个闷热的夜晚。

雷一直忙着周旋于法老王及各国使臣之间，展琳一个人坐在席间觉得有些无趣，咬着手里的杯沿，她状似无心地瞥着远处热闹的席面。

"久闻凯姆·特的黑鹰将军英勇善战，没想到竟是这样年轻，"贝塔利亚女王如丝般的目光纠缠着雷无可挑剔的脸庞，纤长的指有意无意轻点他结实的胸膛，"果然英雄出少年……"

"王谬赞。"不动声色避开她的指尖，雷淡淡道。

"雷伊将军！你在这里啊！？"几个年龄相仿的小国公主突兀地出现，打断了两人的谈话。不由分说，其中一名公主一把抓住雷的手腕："每次宴会都不见你出席，这次难得让我们逮住，不罚你三杯是不行的！"

"就是就是，雷伊将军快过来！"

"和我们说说挪地亚城的战争吧！"几个人几乎是挟持般把雷往她们的席面上拖。

轻轻皱眉。

勉强喝完边上一位官员夫人敬来的酒，展琳不耐烦地站起身借口透气，一个人慢吞吞朝殿外走去。

相对于殿内的喧闹，凉风习习的露台上显得安静而舒适。从这里可以俯瞰到大半个皇宫呢，趴在围栏上，展琳凝视着下面点点火光，欢快的人堆，以及火光下碎波粼粼的内河，怔怔地有些出神。

"美吗？"微风带来一阵似有若无的麝香，还来不及回头，高大的身形已出现在她身后，无意间截断了她的退路。

"奥拉……王……"绷紧了身子，展琳有些警惕地问："你怎么出来了？"

"和你一样，透透气。"靠得太近，近到可以嗅到奥拉西斯气息间淡淡的酒气。不安。

"我要进去了。"头一低，她闪过身从他边上滑出。

"琳！"手腕突然被有力地扣住，展琳有些失措的眼睛对上法老王迷离的目光："留在宫里吧。"

"我不懂你说的意思，王！"暗暗运力挣脱，她的腕被那只炽热有力的手握得生疼：别逼我动手……

"你在神庙前的笑容让我再看不到其他……"

"王，请你放手。"

"没有长大的黑鹰成不了你最终的归宿，"深邃的眼纠缠着她的眸，暗哑的声音一字一句道，"琳，当我的妃。"

"你醉了！"一震，展琳咬着下唇猛地将腕从他手中抽离，冷冷道。

"琳……"蹙眉，不甘的手想拉回逃离的身躯。一道修长的身影忽然出现，巧妙地阻挡在奥拉西斯与展琳之间，有力的臂膀抵住法老王："王，你醉了。"

不亢不卑的低沉声音，淡淡清新的气息，是雷。

背对着自己，展琳看不到他的表情，而一直紧握的拳，悄悄松开了。

若有所思地看了看自己这个年轻的属下，曾几何时，他学会不动声色地反抗了呢。微微一笑，奥拉西斯就势靠在雷的肩头："是啊，我好像是醉了，雷伊，扶我回去吧。"

"是，王。"回过头，读不出表情的眼望向展琳："我的部下都在宫外候着，去找他们带你上我的马等我。"

"好……好的。"目送雷扶着奥拉西斯离开，轻轻吐了口气，她头也不回跑下宫殿，朝大门外走去。

露台上一下子安静下来，夜风吹过，巨大的石柱背后飘出一角淡紫色裙边。

飞身上马，雷从背后将展琳轻拥入怀，挥鞭，黑色的骏马撒开蹄轻快地在安静空旷的街道上飞奔起来。隔开一段距离，侍卫们在后面不紧不慢地跟随着。

"马不止一匹。"

"我偏要这匹。"

"那我下去。"

"你骑哪匹我骑哪匹。"

"……没有长大的黑鹰。"

"琳！"

"什么？"

"相信我。"湖水般清澈的眼神，淡定的信念，不容质疑的口气。

展颜一笑："相信你。"

"嫁给我。"抬起她的手，一枚刻着雷家族标志的戒指不动声色地滑到展琳的左手无名指上。

无语，只将她的头更加贴近他的胸膛。

夜幕下飞奔的骏马，骏马上紧紧相拥的身影。

即使永远回不去21世纪也无所谓了吧，因为有了这样坚定的目光和这样温暖的怀抱，3000年的跨度不再遥远，一切变得理所当然，这是即使在高速公路上飞驰、飞机上穿越云霄也无法感受到的自在与狂放。

不想回去了……不想回去了……

第八章　离别

　　一个月后，朵拉王后准备动身前往孟菲斯，指定黑鹰将军雷伊为其护卫。

　　"乌兹姆将军和卡罗得将军都可以担当护卫的职责，为什么偏指定雷伊?"背对着法老王，俄塞利斯准确地朝神像前的火炉内撒入一把熏香，激起一蓬高涨的火焰。

　　"这是王后要求的。"

　　"如果王不同意，即使王后亲自要求也是可以拒绝的吧?"

　　眼中跳跃着闪烁的火光，平淡得没有一丝波澜："王后同乌兹姆将军有些间隙，卡罗得随大使去叙利亚，外面最近比较动荡，雷伊是最佳的人选。”

“雷伊最近提出要成婚了吧?”突兀的，俄塞利斯转开话题。

奥拉西斯一怔，随即淡淡道:“是的。”

轻叹一口气:“王，你失常了……”

不语。

“雷伊不能去孟菲斯。”

“原因。”

“神的指示。”

“神的指示?”扭转身，奥拉西斯冷冷道:“我就是神。”

没想到居然会在这里看到这个项链，展琳震惊地盯着雷脖子上金光闪烁的鹰型项链——如果没记错，它和21世纪发现的法老王木乃伊上的项链碎片造型几乎完全吻合!

“琳?”

“啊?”回过神。

“叫你好多声了，你怎么啦，脸色这么苍白。”

“没什么。”神思恍惚:到底怎么回事，应该是法老王佩带的东西怎么会出现在雷身上……

“琳，我很抱歉，婚礼得延迟了。”

"没关系。"低头，继续给他收拾行装。

"我不在的时候你要照顾好自己，凯姆·特境内……比你想像的要危险。"回想起那时候在市场因为被敌人认出而遭到的袭击，雷两道剑眉渐渐拧紧，虽然事后派人追查过，却始终没有查出袭击者的下落。类似这样的暗杀太多了，现在越来越多的人知道展琳即将成为自己的妻子，他不得不担心。

朗朗一笑，展琳在他头上敲了一下："怕什么，我不会成为你的弱点的!"从来就过着刀口舔血的生涯，自己不找人麻烦已经不错啦，难道还怕麻烦找上门？

伸手，紧紧抱住她，仿佛抱着整个世界。

想起了什么，展琳轻轻推开雷，退后两步，随后，一只裹着层层破布的东西出现在雷面前。

"是什么?"接过布包，雷疑惑地看了看她。

"送你的，打开看看，"一脸神秘的笑，展琳的眼睛熠熠生光："我给你的护身符。"

一层层展开布包，身子颤了一下，表情凝固："铁刀……"这是一把真正的铁器，比匕首长一点，宽一点，乌黑轻巧，刀刃闪着寒光，薄而犀利，下半部被做成一排凹凸状槽口。

有些讶异的眼看向得意洋洋的展琳："琳，哪里来的?!"

花了几个晚上偷偷在你的私设铁铺里打出来的呀，你的那些可怜的铁匠们，每天锤啊打啊，却不知道不经过淬火，枉你千锤百炼也制不出一把真正犀利的武器来！不过……手艺不行，做出来的齿口大大小小难看得紧，将就着用吧。琳暗想。

"这是个秘密。"笑得很诡异，但被铁刀勾得心神荡漾的雷倒没再追问下去，只是握着刀柄反复摸索。

"这些槽口……干什么用的？"似乎不伦不类的样子，没见过哪把武器做成这样的。

"我们叫它血槽。"

"血槽？"探索的目光对向展琳。

"对。雷，记住，用这把刀刺入对方身体，刀刃下方的血槽会破坏对方的血管组织，借此给你的对手造成最大的伤害，被它刺中的伤口，是很难愈合的。它有个称谓，叫军刀。"忽明忽暗的烛光下，展琳的神色陌生而神秘。

"你让我觉得不可思议。"

"我只想要你平安。"

"傻瓜，不过是护送王后去孟菲斯而已。"

"雷，一定要平安。"望着他脖子上闪烁不定的项链，琳投身扑入雷的怀中，用力，很用力地抱住他。

成队的使女、侍卫，除了普通军队，法老王甚至还拨了一支黑骑军给她，倒真是做足了她这个皇后的派头呢！

坐在华丽的马车内，朵拉冷眼看着外面极风光的阵势。

够了吗？这就够了吗？再风光的场面又有什么用，做给人看的，而此刻法老王又在哪里，妻子即将离开他的身边，难道就连在人群中做做样子尽到一个丈夫的本分都不可以吗？奥拉西斯，你可以对一个不知道从哪里来的陌生女人表现失态，却不肯为一个为了爱你连自己国家都打算弃之不顾的妻子表达出一点点特别的感情来吗？

远远的，一身黑甲的年轻将军策马过来，对着下属吩咐着什么，要出发了吗。

出现吧，奥拉西斯，哪怕只是作戏。

震了一下，车轮开始缓缓滚动。脸色苍白，颤抖的手轻轻放下帘子，好吧，终于，你还是没来。

痛苦，失落，挣扎，最后，眼神归于平静。

长长的队伍，开始行驶向未知的命运之路。

"走这么远了，还看？"高大身影无声无息挡住坐在城墙高台围栏上默默眺望远处车队的展琳身上刺眼的阳光。

"王现在才来送行，不觉得太晚了？"没有回头，展琳淡淡道。

"没有心的人怎么会在乎离别。"

眼一眯："难道王是跑来城头吹风的？"

"刚才凑巧在露台上看到一副感人的城头送别图，忍不住想过来看个仔细。"

"为什么是雷?"话锋一转,她很直接地问。

"我只想给自己一个公平的机会。"

"你倒是很坦率。"

"因为是你,没必要拐弯抹角。"

回头,古怪的眼神看向背后的身影。

阳光很强烈,隐匿在阴影中,看不清奥拉西斯此时的表情。

细不可闻地叹了口气,手自腰间一拂,缠在腰际的皮带刹时化作一道长锁顺着她的手势紧扣到不远处高大的石柱上,倾身跃出,借着长锁的力量绕着石柱飞燕般缓缓落地,收锁,头也不回离去。

干脆得如同那次被逐出宫门,走得毫无留恋。

"要不要赌一把呢,琳。"渐渐用力的指,扣在城头斑驳的围栏,薄削的唇角扯开一丝轻笑。

闲散的下午,闷得有些发慌,将军府的人把自己照顾得太好,衣食无忧,无所事事,只有在这种时候才会感觉到3000年前的古代有多无聊。挤在神庙外看了会儿献祭表演后,展琳漫不经心地跟着烙饼和烤肉香味来到小吃店,叫了烙饼、烤鱼和羊肉汤,坐下来边看着身边人来人往,边像只老鼠一样抓着巨大的饼津津有味地啃起来。

不舒服的感觉，好像有个目光在盯着她。

皱眉，若无其事喝了口汤，猛转头！

流年不利……

角落里，白色斗篷下一张似笑非笑的脸，这样漂亮又阴险的脸全埃及找不出第二张来，手托着饼，连吃这样粗糙的食品都这么优雅，除了高贵的法老王还会是谁？微服跑到这种地方来，他脑子里在想什么？疯了不成？

叹气，食欲顿失，正准备起身走人，但是……目光下移，法老王桌子下两个蠕动的东西是……

"咕唧。"什么声音？垂下头，桌子下冒出两个小小的脑袋，嘴角边的口水几乎拖到胸口，又大又亮的眼睛盯着奥拉西斯手里的烙饼一眨不眨。

"咕唧。"吞下嘴里的饼，奥拉西斯朝他俩晃了晃手里剩下的大半块。

"咕唧。"吞了吞口水，乌溜溜的眼睛看看饼，再看看奥拉西斯。

静……周围人声嘈杂，没人注意到角落里的这幕僵持。

握紧拳，展琳蓄势待发。

半晌，奥拉西斯一挑眉，将饼掰成两半递到两个小孩手里。看着他们风卷残云般吃光手中的饼，意犹未尽地舔了舔手心。

离列

手指轻弹，一盘烤肉移到他俩面前。瞪大眼睛，不敢相信的目光看向奥拉西斯，小小的他们从来没遇到过这么慷慨的施主。愣了片刻，稍大点的小孩伸出脏兮兮的小手抓向烤肉盘。

"小混蛋！"随着一声尖叫，这两个小孩被冲进店里一名衣衫褴褛满脸怒容的女子揪进怀中："谁让你们问人讨的！妈妈不会想办法吗！没出息的东西！"继而抬头，涨红着脸对着奥拉西斯："大爷，对不起，打搅您用饭了，对不起，对不起！"随后揪着两个吓哭了的小男孩往外走去。

"等等。"声音不大，却不容抗拒。

"大爷？"

"啪！"一锭黄金不偏不倚落在女子脚下："拿着。"

不动，看了看脚下的黄金，再看看面无表情坐着喝茶的法老王，慢慢挺直了身体淡淡道："大爷的好意我心领了，这个我却不需要。"说完，扯着自己的孩子头也不回地离开。只留下微微发怔的奥拉西斯，以及地上闪闪发光的金子。

弯腰，拾起那锭金子，展琳追着那女子消失的身影跑出去。

"大姐。"拥挤的街头，母子三人被她拦住。

"有什么事？"抬头，疑惑地看了看这名陌生的异国女子。

"拿着。"摊开手，一锭金灿灿的黄金。

"不，小姐，我不能要，我们不是乞丐！"年轻的母亲连连摇头。

不容拒绝，展琳拉过她的手硬是将金子塞进她掌心："这不是施舍，"一脸高深莫测，瞥见身后跟来的白色人影，她故意压低声音道，"刚才给你金子的人，犯的罪孽太多，所以必须做许多好事来抵偿，你一定要收下，就当是给他积德。"眨眨眼，不去看不远处隐匿在人群中横眉竖目的脸，她一脸促狭。

"真的?"半信半疑。

"真的，收下吧。"

目送三人的身影消失在街头，奥拉西斯状似无心地走到展琳身边："真巧。"

"真巧。"

"犯的罪孽太多……你这么认为?"

转头看了看他阳光下细致俊美的脸，半晌，开口："有些人，偶尔良心发现做点好事都高贵得不可一世，还真是别扭呢。"说完，忍不住的，一丝笑意从她嘴边绽开。

一阵恍惚："琳，你笑了。"头一次，没有心机，快乐而纯粹的笑容，因为他而绽开。就仿佛那次在高大的神庙下惊艳一笑，耀眼得让他眼中再也看不到别的存在。

该死！逐渐深邃的目光让展琳惊觉不安："我有事，先走了。"果断地，她转身逃离。

"琳！"有力的手闪电般扣住她的腕："给我半天，就半天，好吗？陪我随便走走。"声音见鬼地优雅而有礼，咬了咬下唇，展琳沮丧地发现自己居然没有办法去拒绝。

"王后，孟菲斯到了。"隔着帘子，雷彬彬有礼地对车内的朵拉道。

"好，进行宫。"

"是。"

巨大的城门为迎接王后的到来而敞开，大队人马浩浩荡荡开进城里。然而莫名的，雷觉得一切平静的表面下似乎蕴含着某种异样，令他心里隐隐不安。

城里多了许多生疏的面孔。

不动声色退到车队后，扬手招来自己的副手："阿木罗。"

"将军？"

"你带最后的队伍退到城外候着，记住不要惊动王后。"

"是！"

在雷的搀扶下，朵拉缓步下车，抬起头，旅途的颠簸令她的脸看上去有些苍白："雷伊将军。"

"在。"

"今天晚上我要举行个宴会款待诸位将官，请你务必参加。"

略迟疑。

"怎么?"似笑非笑地淡淡开口："将军身有不便?"

"不。雷伊晚上一定准时出席。"

微颔首，朵拉抬起头仪态万千地步入行宫森然的大门。

回到住处，天色已经偏暗，稍稍梳洗了一下，解下配刀——参加宫里宴会是不准许佩带武器的，换上一套轻便软甲，准备动身时，目光落到展琳临别前送他的那把乌黑泛着幽光的小刀上。

"我给你的护身符。"耳边，是展琳含着笑的声音。沉吟片刻，伸手拿起小刀，将它默默藏至软甲内。

"将军，迟到了。"妖娆的舞女穿梭在席间用舞姿给将士们献酒，场面热闹而暧昧。躺在软塌上，朵拉在乐声和火光中慵懒而妖媚。

垂首，雷默不作声，对舞女敬上的酒视若无睹。

"将军真是很无趣呢。"看着在舞女有意无意地撩拨下不动声色的雷，朵拉微微一笑，端起一杯酒慢慢走到他面前："那么，朵拉亲自敬将军一杯，将军喝是不喝?"

蜜色的手指托着金色的酒樽，隐隐袭来曼陀罗花香味。抬眼，看了看面前的王后。

脸上带着最甜蜜的笑，却是不容拒绝的。

接过杯子，雷一饮而尽。

咯咯一笑，朵拉翩然返回自己的座位："爽快。将军同诸位能来赴宴朵拉真是很高兴呢。"

"王后辛苦来到孟菲斯，还没休息就要款待我们这些莽夫，属下们荣幸之至。"底下有人附和。

"听说将军不喜欢亲赴宴会，连法老王都在赴宴这项尊重雷伊将军的意愿，朵拉这次造次，不知道将军会不会责怪朵拉。"说话间，目光有意无意地瞥着面无表情的年轻将军。

"雷伊不敢。"

"呵呵，真是拘束，无趣无趣。"呷了一口酒，她眯着眼柔柔地道："其实，今天邀请诸位来，是想让诸位见个人。"

抬头，看向笑容满面的朵拉。

感受到雷伊的目光，她朝他举了举杯子：

"这个人，特别想与雷伊将军会一会，这会儿，人怕是应该到了吧。"转过头，她若有所思地看了看身后厚重的帷幔。

仿佛是回应她的话，帷幔一掀，一道修长的身影静静地踱了出来。

“好久不见了，黑鹰将军。”

一震，雷猛地抬起头，对上帷幔前一双深灰色妖异的眼。

狰狞的青铜面具，银色张扬的发。

“辛伽！”

蜿蜒的尼罗河，静静流淌在万家灯火的底比斯城外，从峡谷上眺望下去，夜晚的古城竟是美得这样夺人心魄。

坐在悬崖边，风吹得乱发飞扬，目光所触及之处毫无障碍，整个人仿佛翱翔于天空般心弛神荡。

“壮观……”

“喜欢吗？”坐在展琳身边，奥拉西斯俯瞰远处的城市，轻声道。

“喜欢。”

“琳，有没有看过比眼前更美的夜景？”

有啊，从金贸大厦顶层往下俯视整个夜上海的时候：“没有。”

“当然，”甩开被风吹得挡住视线的长发，他露出一丝颇为得意的笑，“我凯姆·特拥有世上最美丽的城市。”

有那么一瞬，展琳觉得眼前这个年轻的法老王笑起来像个孩子。

“五年内，我要把从父王手里继承下来的版图扩大一倍。”

野心不小，但不知道是否能活得到那天。眼睛的余光打量奥拉西斯淡定的侧面。眼里倒映着城里点点火光，他的眼神迷离而坚定。想到金棺里那具年轻的木乃伊，心，没来由轻轻一颤。

"琳，你今天很沉默。"轻柔的话语打破展琳的沉思。

"没……我只是在看风景的时候不太爱说话。"

笑笑。看着风肆意掠动她柔软的发，专注的眼若有所思凝视远处，殷红的唇上下开合不知道在低哼着什么，两条修长完美的小腿漫不经心地叩打着底下的岩壁……从未有过的感觉，恬淡，平静，很快乐……

一声尖锐的鹰啸打破了两个人的宁静，警觉地抬头，半空中一只黑鹰盘旋着落下。

抬手，疲惫不堪的鹰找到熟悉的落脚点，栖息下来。

"当！"随着它降落到奥拉西斯手臂，一条金色的物体从它爪间滚落在地。

伸手，抓入指间。"不！"瞪着奥拉西斯手中的物件，展琳一瞬间脸上血色褪尽。

金色项链，干涸的血迹遍布在栩栩如生的鹰型塑像上……用力捏住拳，他猛地站起身："走！"

"王！"回到王宫，等着奥拉西斯的是浑身浴血，气息不稳的侍卫长墨卡勒。

"出什么事了，你应该在王后身边的吧?"即使心里有些明了，他依然保持平静的口吻。

闻言，由侍卫搀扶着的墨卡勒突然挣脱对方的手，"扑通"一声跪倒在地："王，王后叛变，联合亚述王辛伽控制了孟菲斯，设计围困我们带去的部队。雷伊将军带着我们拼死杀出重围，在冲到外城同阿木罗将军汇合的途中，为了掩护我们，他，失踪了。"

"你说什么?"一把抓住他的肩膀，奥拉西斯犀利的眸危险地眯起："王后背叛，雷伊失踪?"

受不了这种目光咄咄的逼视，墨卡勒垂下头："是的，王。"

急促的脚步声，伴着听到这话后突然转身快步离去的展琳有些不稳的身影。

视线追随那抹身影直至消失，奥拉西斯缓缓直起身："阿木罗将军现在在什么地方?"

"死了。"抬起头看了双眼结冰的法老王一眼，墨卡勒艰难地道："我们所带去的部队，连同守城兵将，全军覆没。"

大殿内一片寂静，沉默的空气压抑得让人窒息。

不知过了多久，法老王平淡无波的声音仿佛从另一个世界传来：

"明天，我亲自带兵过去。"

"王，万万不可，还是先等属下们计划周全之后再行

动吧?"

"拖一天就多一天的危险。"

"不是兵临城下,王切不可轻举妄动。"

将金鹰项链系到脖子上,扫了四周忠心耿耿的部下一眼,他淡淡道:"雷伊,我要亲自去救。"

第九章　他再不是守护凯姆·特的黑鹰

用力擦拭这副锈迹斑斑的铠甲，雷 14 岁时随父出征穿过的铠甲。拿给展琳看时他曾开玩笑地说大小倒正合适她，当时被她猛揍了一顿。

天色放亮。

看着铠甲在桐油的润泽下泛出淡淡的光来，褪下上衣，用一根长布条一圈圈缠紧胸，拎起铠甲，套上。将手枪斜插在腰际，从武器架上选了两把合适的短刀，反手插到背后，抽出一支精铜长矛，披上黑色斗篷，在府邸中人们诧异的目光下骑上雷的爱马"疾风"朝外飞驰而去。

黑衣，黑马，突兀地闯入排列整齐、整装待发的军团中。

一瞬间以为是雷伊将军出现了。

"谁？"站在金色的战车上，奥拉西斯蹙眉望着这名不属于任何队伍的骑手。

扯下斗篷的帽子，露出一头火焰般的发："是我。"

"琳？！你在做什么？"

"去孟菲斯，带上我。"

"我们是去打仗，女人，回去。"

"我是去救人，男人，带上我。"

僵持。静寂中，微怒的眼对上坚决的眸。

这个倔强的女人，阳光下，黑甲黑马，燃烧的发，长长的披风在狂风中猎猎舞动。如同粗旷的沙漠、粗旷的军队中一只笔直盛开的清莲，美到无法抗拒。

挫败地叹息，抬手轻掷："接着。"

"啪！"展琳接到手中，微沉，一面雕刻着金狮子的单手圆盾。

"跟着第三黑骑军走。"

"是！"佩好盾，催马朝法老王身后黑压压的队伍走去。

"回答得倒干脆，"经过奥拉西斯身边时，耳边传来他压低的声音："记住，不管发生什么，别冲在前头。"

不由自主回头看向他，深邃的眼……一碰之际马上闪开，低着头，随马进入队伍。

辛伽，我还没对你的国家转念，你倒把爪子触碰到我的领土上来了。

辛伽，你还真够性急的。

辛伽，占有了孟菲斯是不是很得意呢？

辛伽，想较量就来吧，你的对手是我！

挺胸抬手，金色权杖指向炎炎烈日，流动着灿烂光华："出发！"

阴暗的宫殿，香雾缭绕，一地薄纱，厚重的帷幔后两个纠结的人影。

"王，底比斯急报。"门外响起侍卫响亮的声音。

身形一窒，松开怀里脸色徒然间有些异样的朵拉，亚述王掀开帷幔走了出来："说了些什么？"

"法老王奥拉西斯率军队亲自赶来孟菲斯了。"

"哦？"嘴角勾起一丝笑："还真迅速啊，一听说黑鹰遇险就急急赶来了吗，失去了最有力的支持，美丽高贵的法老王还能有什么作为呢，呵呵，"眼光瞥向帷幔后一动不动的朵拉，"宝贝，你说是不是？"

没有回答，她躺在床上似乎睡着了。

一丝厌恶的光从辛伽眼眸中闪出，转瞬，神色又恢复平淡："他们来了多少人？"

"四支黑骑军，阿蒙军团和拉军团，还有大批努比亚雇佣军。具体数量不是很清楚。"

"有趣，法老王很认真呢。"走到窗边，望着窗外余烟未尽的城市，挑了挑眉："城屠得差不多了，我们就准备点见面礼给远道而来的奥拉西斯吧，"顿了顿，他轻舔薄唇，笑意加深了，"我的礼，可是很特别的……"

一座山，一座由人头堆砌而成的山！而城门上荡漾着的，是十多具已经僵硬了的军官的尸体。

黄昏时分赶到孟菲斯城外的埃及军队第一眼看到的便是这一幅令人毛骨悚然的景象！大队人马瞬间停滞了下来。

"魔鬼！"历史上亚述国作战时的残忍虽然略有所闻，但真的亲眼见证，饶是展琳见过再多风浪，这次都忍不住感到作呕。铁青着脸，她冰冷的手指紧扣长矛，此刻内心真正渴望手里握的是把 AK－47!

"阿穆路，你带领部下分成三线，一线以战车为主，轻步兵掩护。二线为步兵。三线步兵和战车各半，守在后面待命。"没有太大的起伏，奥拉西斯面不改色有条不紊地指挥着下属。

"是！"

"西迪亚，你带领盾牌军在最前线掩护攻城车和步、骑兵。"

"是。"

"其他的人跟着我，城门一破就冲进去。"

"是！"

"琳。"没想到他会叫到自己，展琳慌忙应了一声："在。"

"你要小心，记住我出发时对你说过的话。"一样淡然镇定的声音，却似乎掺了一丝关切。

"好……好的。"看着军前指挥的奥拉西斯，忽然心乱得厉害，迷茫间好似回到军校时候，那个严厉的教官，茫然不知所措的自己，很听话地服从着指派的命令……

"城是我们建的，优点缺点我也就不多说了，记住速度是关键。"安排完成，转过身，冷冷眺望远处的城门，年轻的法老王静静地道："天色一黑，听我的号令，攻城！"

夜幕降临。

全身重甲，用长盾护在头顶的盾牌军以方阵状朝城门安静而迅速地推进，后面跟着攻城车和长枪兵。

埋伏在陡坡下，展琳同奥拉西斯屏息看着他们。

没差多少距离了。眼看攻城车离城门越来越近，方阵即将分成两半为车子辟道。突然，城楼上火光大盛！

出于本能，重甲兵将盾牌高举过头连成一片，形成一张防护网挡住底下的身躯，以防止城楼上射下密集的箭雨。然而自上落下的并非是箭雨，而是一桶桶黑色黏稠的液体，莫名其妙的战士们被浇得透湿，一时停下脚步面面相觑。

"撤！！！！"闻到从远处飘来的浓烈而熟悉的气息，随即见到城上弓箭手点燃的火箭，展琳猛地跳上坡大叫："撤！快撤！！！！！！"

来不及了！随着燃着火的弓箭雨点般落下，地面上的方阵顿时变成一片火海，连同巨大的攻城车，瞬间在城门前熊熊燃烧，一时间凄厉的惨叫声不绝于耳！

失去掩护的长枪兵急忙撤回，被城上的乱箭射死射伤无数。

"王！被发现了！怎么办？"

"王！盾牌军全军覆没，攻城车也无法用了，怎么办！"

远远的，依稀可闻亚述军张扬的笑声。紧盯着城门口燃烧的火海，奥拉西斯抿紧唇不发一言：怎么办，该怎么办！

"王，可有捷径通往城内？"

疑惑地看了眼展琳："有。"

"告诉我。"

"西墙有一个暗槽，如果沿着它爬上城可以不被发现，

但一次只能勉强通过一人，而且无法架设云梯，所以一直以来没有被重视。"

"我去。"

"不行！"

"只有我能办到。"

"我说不行！"

"王！相信我！"认真而坚决的眼神，无法拒绝。

"命令你不准去有用吗？"

"没用。"

"那你去吧。"

"是！"

"琳！"

"什么？"

"千万小心！"

"明白！"丢下盾牌和长矛："王，叫弓箭手引开他们的注意，最好想办法靠近城门，等会儿门一开，马上朝里面射箭。"

"好。"

低头，她俯身隐入黑暗之中："记住我说的，门开立刻射箭！"

看着她身影消失，奥拉西斯一挥手，长枪兵立即用圆盾组成一道围墙，墙后的弓箭手扯开弓开始对城墙上的亚述兵反击。

一路狂奔！展琳充分发挥了她在军校女子百米冲刺冠军的速度，几乎是连蹦带跳冲到了西墙墙根，城下浓烈的火焰冲击着侍卫们的眼睛，因此谁都没发现偷潜者的身影。而她也在最短的时间里辨别到了那个隐藏的凹槽，将身体嵌了进去。

目测好距离，手摸向腰际，扯开皮带扣，一按。

"嗖！"一道长索凌空飞出，不偏不倚搭扣到城墙的围栏上。这是军方特制的皮带，内含张力及韧性极佳的登山索。用力拉了拉，随即像条蛇般顺着长索在凹槽里慢慢向上攀沿。

手搭住石栏，稍一用力，人窜上了城墙，抬头，两把长枪指住了她，好整以暇的笑容冲着她："还真会钻啊，小妞。"

似乎呆了呆，展琳背着手跳下围栏，冲他们微微一笑。

神思晃了晃，却见她背在身后的手骤然抽出，两道寒光一闪间，这两名士兵一声不吭地瘫倒在地上。

纵身跃入城内，目光转向控制城门的地方，一路上全是守卫，而正中央是成排的弓箭手。怎么过去？皱眉，一条路，除了冲过去外别无他法，冲吗？成功几率在 30%左右，其余不是被剁成肉泥就是被弓箭射成马蜂窝，冲吗？冲吧！反手握紧手里的短刀，她深吸一口气，豁出去了，横竖这条命跨越了 3000 年，值了。借着瞬间的爆发

力，一点足，她猛地冲了出去！

"有人混进来了！"一声惊叫，城墙内顿时混乱起来。

"杀了她！"

"快！她在这里了！"

"挡住！！！快！"

"啊！"藉着闪烁晃眼的火光和混乱的场面，展琳一路用双刀突围，杀开一条血路。

不能停，千万不能停！

"琳！快！快啊！如果时间只剩几秒，而你被敌人包围，你所做的只能在所剩无几的时间内杀出一条生路，神挡杀神，佛阻弑佛！"

"琳！快！真正的敌人不会给你喘气的时间！"

"琳！这样的速度你早就死了千百回了！"

刀不停地在手中挥动，巧妙地在无数枪尖前闪避，眼前是一批批倒下的士兵。神挡杀神，佛阻弑佛！为了生存，要发挥出最高的速度！

控制大门的扳手就在眼前了！余光，闪过一个在混乱中镇定对着她拉开弓的人影，这样完美的姿势，射中即死！毫不犹豫，展琳借边上的人力斜斜蹬出，人跃至半空，扔刀，拔枪，几乎不用瞄准的，射击！

一声巨响，半张着弓的人瞪大眼，不可置信地缓缓倒地，而这声撼动人心的枪声同时也慑住了城中混乱的人群。乘着这一刹那的机会，她闪电般窜到中心，一脚踢开

守着扳手的人，抓住巨大的扳手用尽全力往下一按，门吱呀着慢慢打开，同时，她飞快朝地上扑倒！

几乎是在她倒地的同时，芒刺般的箭雨从门外铺天盖地射入，将守卫城门的士兵杀了个措手不及。

喧嚣的人声和奔腾的马蹄声由远至近，转眼间城内刀枪声一片。

趴在地上的展琳松了口气，正要起身，背上猛地一紧，下一秒，跌入一个宽阔的胸膛，有力的手紧紧缠着她："天啊！你成功了！"

马背上，法老王的声音竟激动得发抖："你没事，太好了，琳！太好了……"

放松下来，才感觉到周身火辣辣的痛，不知不觉中裸露在外的皮肤上早被敌人的枪尖刺得伤痕累累。

"王，"轻轻挣开他的手臂，展琳灵巧地滑下马，从地上的尸体中抽出一把剑，"找雷。"

怔了怔，奥拉西斯把手一挥："攻进行宫！"

这是展琳第一次见到黑骑军的威力。马背上无声的骑士，幽灵般紧紧环绕在法老王周边，比一般的战士都要高大有力，握着巨大的青铜矛，藉着奔马的冲力，所到之处亚述号称勇猛而快速的部队成片倒地！

一边击退顽强抵抗的敌军，队伍一边往行宫推进。

眼看就要攻到行宫，突然，不知从哪儿冒出来一支巨人般的队伍，铜墙铁壁般挡在门口！

真正的巨人般的战士，穿着结实的重甲，挥动手里沉重的战斧，一时令黑骑军也感到吃紧。大批的军队堵在行宫门口开始混乱地撕杀。

"两个对付一个！枪兵护住四周！"

"王！东面又来一支亚述军！"

"弓箭手顶住，贝艾得，发讯号给阿穆路！"

"是！"

片刻后，阿穆路率领三支分队浩浩荡荡开进城里，潮水般冲散将法老王军队包围住的亚述军。然而亚述军竟是这样的难缠，即便在大势上已被埃及人压倒，仍然做着顽强的抵抗，不到战死决不收手，战况陷入混乱的僵持。

趁着打斗的间隙，展琳藉着灵巧的体形悄悄闪入大门内。看这情形亚述人应该全部出动对付法老王了，此时行宫里应该没有任何防守力量，只要雷在里面，应该是营救的大好机会。

寻思着，她在相对于外面的喧嚣而显得格外安静的行宫走道内发足狂奔：雷！你在哪儿！

正殿就在眼前，远远看到一脸平静的朵拉靠在榻上，若无其事得仿佛外面不是在打仗，而是在庆贺新年。

足尖点地，展琳用力窜了过去："朵拉！"还没到她面前，冷不防从帘后冲出一条巨大的人影，挥着沉重的战斧

劈头盖脸朝她攻来！

急速倒退，展琳几乎在光滑的地板上滑倒。

"真可惜……"一脸妩媚的笑容："还以为会是奥拉西斯呢。"

"是啊，"闪避掉巨人又一波攻击，展琳没有持剑的左手拔枪对准那颗硕大的头颅，"真可惜。"

"乓！"电光火石间，巨人高大的身形猛地一晃，抬起血红的眼，他竟没有放慢攻来的速度！

"乓！"第二声枪响，成功滞住了他跑动的身躯，惊怒地瞪着展琳，他慢慢将斧头举起。

"乓！"第三声枪响，战斧落地，巨大的身影终于缓缓跌倒在地上！几乎已经是近在咫尺了，展琳轻吁了口气，握着枪的手指用力到发白。

"啪啪啪！"

"精彩，"拍着掌，朵拉站起身慢慢走向展琳，"不愧是被高傲的法老王和黑鹰将军同时看中的女人。"

"雷在哪儿？"不动声色，展琳的目光逼视着她。

"琳，你为什么要出现呢，"没有回答她的问题，朵拉自言自语道，"没有你出现，一切便会不同。"

"雷在哪儿！"

"雷？你是说雷伊？"嘴角勾起一丝诡异的笑，雾气弥漫的眸子定定望着展琳："是啊，他在哪儿呢？呵呵，问他不就知道了？"

从她的瞳孔中，依稀看到一道急速的身影朝自己扑来，不好！猛回头，凛冽的寒光夹杂着劲风已经朝展琳头上压下。

电光火石间，无法躲避！

"呛！"一声脆响，两把铁剑在高速碰撞中激起无数火星。

"呵呵，美丽的金鹰，独自一人赶来救你的小女人吗？"两把剑僵持着，青铜面具下邪魅的灰眼直盯着阻挡住自己的年轻法老王。

"辛伽，你的对手是我。"

"是吗？"微微一笑："可不能让你的小朋友也闲着啊。"还没弄明白他的意思，一声尖哨，无声无息的，一道黑色身影悄然出现，闪电般袭向与辛伽对峙着的奥拉西斯！

"小心！"低呼一声，展琳快速扑出，剑锋一转，险险挡住来人犀利的刀锋。

"当！"手臂一麻，剑断。

脸色瞬间苍白，那人刀速很快，但还没快到让她看不清袭来的刀身，这把刀……黑色，犀利的刃，刃下密集的齿口，分明是该陪在主人身边的，为什么会在他手上？！

抬头，那人窜高身形举刀朝她猛刺下来，急速的风掠起他一头不羁的长发，发下露出一张俊逸但毫无表情的脸。

"雷!!"张开口,展琳的动作一瞬间凝固!

熟悉的脸庞,陌生的眼神,凌厉的刀光……

脑中一片空白。

"小心!!!"突如其来一声暴喝!

身子猛地被撞开,一条高大的身形闪电般挡在她面前,手中的阔刃稳稳接住刺下的刀尖:"丫头!发什么呆!!"

是率领埃及士兵及时赶进大殿的阿穆路将军。急急救下莫名其妙发怔的展琳,他全副心思集中到对手身上,一看之下,他也愣住:"雷……雷伊大人!"

挑眉,灵巧地旋转刀身逼向面前这个有些年纪的军官,雷冷冷道:"你认识我?"

"雷!你在做什么!!"猛然清醒,展琳用尽力气大叫。

专注应付对手,雷对着展琳的喊声只报以漫不经心的一瞥。

"雷??"为什么?这样陌生而冷淡的眼神,漠然得仿佛不认识自己:"雷,你怎么啦,我是琳啊……"

混乱的打斗,展琳有些颤抖的声音淹没在一片兵刃撞击声中。

"雷伊!"看到越来越多的埃及兵涌入大殿,辛伽变招用力格开法老王的剑,身形轻灵地倒退数步,带着一成不变的笑容淡淡道:"撤!"

没有一丝犹豫，雷顿住不断逼近阿穆路的刀锋，腾身越起落到亚述王身边拦腰抱起他，双双越出窗外，一连串动作速度快得让人来不及做出任何反应。

"追!"一声令下，众士兵急急追了出去。

然而，没人敢伤害到雷，导致大家只能眼睁睁看着他带着亚述王安然逃离。

雷，怎么会用这么陌生的目光看着自己，从来只有微笑和温柔目光的雷，怎么冷淡得像一块冰……望着雷迅速消失的身影，展琳僵硬得无法动弹，突然间，觉得有丝寒意透过四肢百骸渐渐蔓延开来。

"啪!"走到站在边上几乎被人遗忘了的朵拉的身边，奥拉西斯扬手一个巴掌，手无缚鸡之力的朵拉重重跌倒在地上。抬起头，毫无温度的眼对上愠怒的法老王。

"贱人! 你们对雷伊做了什么!!"

不语，微笑。

蹲下身，双目危险地眯起："是不是以为我不敢动你?"

"朵拉没有这份荣幸，"开口，一屡黑色的血丝沿着唇角淌下，"雷伊他……再不是……守护凯姆·特的黑鹰……"话音一落，她软软地瘫倒在地。

握着拳，奥拉西斯的脸色一阵青，一阵白。

整个大殿内鸦雀无声。

不知过了多久，奥拉西斯的脸色逐渐恢复正常，站起身，他静静道："把王后埋了，告诉巴比伦她死于疾病。"

"是!"

"阿穆路，你带领你的部下留在北凯姆·特，替我重建孟菲斯。另拨两千士兵给你，加强防范。"

"是!"

目光转向站在殿中央，目光有些涣散的女子，心底微微一叹："琳。"

她的眼珠动了动，转向奥拉西斯："什么?"

"明天，随我回底比斯。"

心中一颤："底比斯……"没有雷的目光，没有雷的笑容，她该何去何从? 一向无所畏惧的她，竟怕了……

"跟我回宫。"坚定的话语，坚定的目光。

第十章　何意百炼钢，
　　　　　化作绕指柔

　　"我不会走的，姐姐，吃过我给的东西，你就是属于我的了。"

　　"如果不做这样奇怪的动作，姐姐基本上还是蛮可爱的。"

　　"姐，你怎么像个白痴一样，什么都好奇啊。"

　　"琳，我爱你。"

　　"琳，相信我。"

　　那些朝夕相伴快乐的日子，平淡得没有任何感觉，仿佛一切都是自然的，然而一旦失去了，带来的痛楚竟是这样的锥心刺骨。

一个人默默坐在城头，离别那天明朗的笑容清晰得仿佛就在昨天，温暖的笑容，雷的笑容，只属于她的笑容……伸出手，怎么都……抓不住呢……

"王，好多天了，琳小姐她老这么坐在上头发呆。"端着几乎没有动过的晚饭，侍女一脸沮丧地回复着法老王。

"王，小姐她痴了呢，要不要请个大夫看看？"

摆摆手，示意侍女离开。

抬头，看着城墙上一抹孤单消瘦的身影……能想得到吗？这个桀骜的女子，意气风发的女子，在万军中勇敢突围力挽狂澜的女子，竟会为了一个冷漠的眼神，从此一蹶不振了呢？

走上城楼，慢慢来到展琳身后："琳。"

一动不动。

"琳，别这样，这不是什么大不了的事，何苦折磨自己。"

仍然一动不动。

蹙眉，琳，你怎么就那么固执呢？伸手，一把揪起她："你看你，像个什么样子，别说雷，我都觉得你讨厌了呢！"扬手，一巴掌落到展琳呆滞的脸上。

"唔……"吃痛，眼神动了动，凝神，看到面前神情恼怒的法老王，忽然，一层雾自眼中升起，渐渐的，化作一团水珠，在眼框里转了几圈，终于忍不住滚落下来："他……他怎么可以用这样的眼神看我？他一直是温柔的，快乐的……我第一次，第一次这么喜欢一个人，喜欢他的笑，喜欢他的声音，为什么他会突然不认识我了？为什么他会用那么可怕的眼神看我？为什么……我觉得很害怕，我不可以觉得害怕的，可我为什么会这么害怕……"急促的、颤抖的声音伴随着无法停止的泪，从懂事后就再也没流过的泪，宣泄似的，无法停止。

用力将她抱进怀里，将脸深埋进她火焰般的发丝，奥拉西斯那张曾经骄傲的脸庞苍白而痛苦，琳啊，如果正像你所说的我没有心，也许就不会感到痛了吧，琳，你这个折磨人的小东西，凯姆·特的主宰为你心都快碎了啊！

"好姑娘，不哭，振作起来，等一切都筹备好了，我们去亚述把雷伊夺回来。"为了你的泪水，我要让亚述付出代价！

"亚述城地理位置特殊，三面环山，峭壁是他们天然的屏障，是底格里斯河边的山城。要攻进城只有城门一条路，但他们的守备力量是相当强悍的，所以有人说亚述拥有世上最难破的城门。"

看着地图，奥拉西斯微微皱眉：这样的地形，如果想避开城门攻入其内部，除非是插了翅膀……

"王，据探子密报，亚述掌握了制造铁器的技术。"

"铁的武器吗？"垂首沉吟："亚述军事力量强大，如果再拥有铁器，未来不可想像。"

短暂的沉默。

"王。"突兀的，坐在角落里不为人注意的展琳静静开口。自从那次在城墙上恣意发泄过后，她第二天就恢复了正常，只是突然对兵器制作引起很大兴趣，常常在武器部一待就是大半天，也经常不发一言地在法老王召开议会的时候坐在角落里默默倾听。

听到她的召唤，奥拉西斯抬起头："什么事？"

"带我去见全凯姆·特最有经验、手最巧的工匠。"

"原因？"

"原因，只有在证实我的打算可行之后才能告诉你。"

默不作声地看着坐在黑暗中的展琳。明亮的眼睛倒映着火把跳动的光芒，似乎隐藏着无数解不开的秘密，从第一次看到她时就被这双怎么都看不透的目光所吸引，不可抗拒。

"好。"

埃及最灵巧的工匠，藏在深帏的宫廷中，隐藏着的铁匠铺。千锤百炼、挥汗如雨地为法老王打造一把把精巧锐利的武器，同时，费尽心机研制着铁制的武器。

屏退了所有人，甚至连法老王都在她的坚持下留在外头，展琳一个人慢慢走了进去。

"什么人?!"停下手里的活，胡子拉渣的工匠一脸警惕地瞪着她。

将手中法老王的信物晃了晃："王让我来的。"

眨眨眼，他放缓表情继续垂打："还没到时候怎么就派人来取了?"

"我不是来催你交东西的。"四处打量着，展琳随意地踱到他身边。

"那你来做什么?"将手里的东西一抛，工匠直起身没好气地瞅着这个打搅他工作的女人。

"我来，和你作个交易。"微笑。

皱眉："交易?什么交易?"

"我教你锤炼出比铁还要犀利的材料，你帮我锻造出这样一种武器来。"一张纸莎草纸在工匠的面前缓缓展开，铁匠的脸瞬时凝固若雕像。

"发出惊雷般响声的武器，造成伤口不大，却能瞬间夺人性命，甚至连是什么东西造成的伤口都查不出来……身份至今不明的女孩，你用的究竟是什么神器呢……"

懒散地靠在石椅上，单手支头，狭长的灰眸注视着台阶下静静伫立的黑甲战士。

这次牺牲了这么多手下的战争还是值得的，不是吗，重创了凯姆·特的元气，甚至还捡到了那么珍贵的宝贝……若有所思，他嘴角勾出一丝浅笑，雷伊啊，守卫凯姆·特的战神般的勇士，头部遭到撞击而失去记忆的他竟被自己拣到了，稍稍几句谎言，一点点迷药，便使有着忠诚天性的他对自己无条件服从，哈哈，奥拉西斯，看到自己曾经最忠实的部下效忠于敌手该是怎样一种心情呢？

"雷伊。"薄薄的唇，轻声召唤。

"王。"闻声，雷伊单膝跪地。

"你去，帮我杀掉一个人。"

直起身，亚述王将目光移向殿外。仅凭借一人的力量力挽狂澜，身边还携带着威力不可测的武器，法老王身边那个叫琳的女子绝对不容小窥。这样威胁性极强的人物，如果无法收为己用，不如就毁了她吧。

将含碳量在5％以下的铁块直接放到炙热的木炭上加热，渗碳，再经过反复锻打而形成钢，这是中国古代最早出现的制钢工艺，技术比较简便，但火候度很难抓，没有熟练的工艺水准比较难成功。沦落到古埃及的展琳向这里最灵巧的工匠提供的，便是这种古老的技术。

整整三个月，几名最有经验的工匠在工匠头伊姆海得的带领下没日没夜地在熔炉边研究着展琳教给他们的炼钢术。屡屡失败，但"炼出比铁还坚固的材料"这样一种信念无声地支持着他们耗费的大量心机和体力，日以继夜地劳作着。

门开，一道轻快的身影闪了进来，白色衣裙令这块暗热的地方一亮。几个工匠见惯不怪地继续着手里的活，不用抬头都知道，来的人一定是那个让法老王都没辙，身份不明却能在宫里出入自由的奇特女子琳。

"老爹，我又来了。"走到伊姆海得面前，展琳一脸没心没肺地笑。

瞥了她一眼，老头面无表情地哼了一声。本来，炼铁炼钢这样阳刚的地方是不准女子随便出入的，然而法老王尚且拿她没办法，他们这几个还得厚着脸皮向这个小丫头学习的老头自然更拿她没辙了，不甘啊不甘。

看看他们的表情，展琳有些失望地叹了口气，默默走到鼓风机前帮他们鼓风："还没有成功吗……不急不急，慢慢来。"看来比想像中要难啊，莫非不成了吗？

"喂，丫头！在干什么呐？这是奴隶干的活，你别去动！"

背对着他们，展琳置若罔闻。忽明忽暗的火光照耀着她细白的手指，及指上幽幽泛光的一枚戒指。不找点事做怎么行呢？不找点事分散注意怎么能制止住满脑子晃动着的雷的身影呢？

望着她有些落寞的背影，老头一时无语，只有叮叮当

当的敲打声在屋子里回荡。

突兀的，一只粗大的黑手抓着把用布包裹得很仔细的东西递到展琳面前："给！"

"给我的？"停下手，她好奇地接过："可以在这里打开吗？"

点点头，伊姆海得垂下头继续干活。

片刻后……

"老爹！！！"突如其来拔高嗓子的尖叫。

几个老头吓得手一抖。

"老爹！！你们居然成功了啊？！！"抓着从布包里露出的隐隐泛着寒光的东西，展琳猛地跳起来一把将那个满头大汗的严肃老头紧紧抱住："你太伟大啦！老爹！！"

黑色暗雅的光，刃长175mm，全长327mm，刀厚6mm，刀宽34mm，锋利的刀刃下一个个整齐细密的齿槽。果然不愧为埃及最灵巧的工匠，撇开必须用机器才能制造出的柔滑表面和极致造型，这把21世纪MOD－MARK 5军刀已被他临摹制作得几近神似。

仅仅是描绘了一张草图，这名古代聪慧的工匠居然真的就把它制造出来了，紧紧握着手里的刀，展琳雀跃不已。

不知所措的老伊姆海得好不容易推开热情的展琳，红着脸不自在地连连咳嗽。

"老爹，你什么时候炼成功的，保密得那么好！"

"前两天突然觉得手顺，就把你说的那种材料锻造出来了，然后按你给的样子造出了这把刀，经过淬火，还真犀利得不得了，一刀下去就把外头侍卫的配刀给一切为二啊。"说到得意处，老头比划着动作眉飞色舞。

"那是不是说……我们那个武器可以投入研制了?"抬起头，展琳的眼睛光彩熠熠。

肯定地点了下头，伊姆海得认真地道："这几天觉得基本把握住火候了，只要大量锻造出来，就可以去试着去做了。

"那太好了。"

"琳小姐，用饭的时间到了。"外面传来使女的召唤声。

将刀用布缠好，插在腰际："不打搅你们啦，我该走了，对了老爹，有空再帮我做个刀鞘呀。"展琳脸皮很厚地冲着伊姆海得笑嘻嘻地道。

"你不要老跑来碍手碍脚我就帮你做。"抡起锤用力敲了一下，老头嘀咕道。

"好说好说。"摆摆手，展琳心满意足地走出去。

快到门口时，伊姆海得忽然抬起头："丫头。"

"嗯?"

"你给我看的那个武器，真是很特别。"火光中，他的脸色严肃而怪异："我打了大半辈子武器，从没看过这种样子的，丫头，你从哪儿看来的?"

微微一笑，展琳推开门："老爹，它可不光是件武器呢，从哪儿看来的，当然是从我脑子里蹦出来的啦。"带着笑的声音随着她的身影渐渐消失，只留下伊姆海得一脸的狐疑。

不同的美女，不同的音乐，不同的佳肴，相同的两个人——主席上漫不经心嚼着食物的奥拉西斯以及副席上全副精神只在食物上的展琳。

很柔和古朴的舞曲，缓慢的，几乎带有催眠的作用。

端着酒杯，幽深如水的目光透过舞姿妖娆的舞伎静静地注视着那边一手撑头，一手心不在焉地在盘子里搅和食物的展琳。摇曳的火光下，她半合的眼显得有些疲倦。

这段时间不知道她怎么办到的，总能每天找出一大堆事情来做，把自己折腾得疲惫不堪。有事没事老往工匠那里跑，甚至帮他们做些奴隶才做的事，还振振有辞地说自己不能在宫里白吃白住，想方设法同他划清界限……苦笑，这个傻丫头，放着舒适的日子不过，整天瞎捣鼓，真不是一般的倔强啊。

"啪嗒"一声，展琳的头滑到桌子上。半晌，一动不动。

蹙眉，挥退舞伎和乐伎，奥拉西斯起身走到她的桌前，俯身："琳？"

没反应，竟然睡着了。

哑然失笑，他伸手将她打横抱起，往外走去。

毫无防备呢，琳，如果清醒过来发现是谁在抱着你，还会这样子柔顺吗？看着怀里酣睡得像只猫一样的女孩，年轻的法老王忍不住低头用脸颊在她细细的发丝上来回摩挲，长长的发丝扫在她的脸上。微微蹙眉，展琳迷迷糊糊地侧开脸。

叹息，微笑。

没有点亮火把，奥拉西斯藉着月光把展琳轻放到床上。手臂即将抽离她脖颈的一瞬间，展琳忽然翻了个身，皱着眉把头往他的臂膀中钻了钻，嘴里发出轻而含糊的声音："雷……"

身子一颤，奥拉西斯脸色微变。

沉吟片刻，他默默地在她身侧坐下，任展琳舒适地抓着他手腕睡得人事不省，一动不动，环着她的臂膀渐渐收紧。

夜色寂静，风吹过树叶沙沙作响，伴随着一声接一声微弱的虫鸣。

安宁精致的房间，熟睡的展琳，睁着清醒双目的法老王。

窗外，一双闪着幽光静静注视着这一切的黑亮的眸。

恼人的麻痒感成功地将展琳从梦中拉回，第 N 次拂

何意百炼钢，化作绕指柔

开扫在脸上细细的不明物体，她睡意朦胧地伸了个懒腰，睁开眼。

突兀地对着头上一张脸，由模糊到清晰，长发在微风中轻轻飘动，清晨淡淡的阳光将他俊美的脸庞勾勒出一层柔和的轮廓，细致而优雅……眨巴着眼，展琳一时没反应过来，半晌……

"你!! 你!!"猛窜起身，她微颤的手指着奥拉西斯没有知觉的脸，横眉竖目。

"我……我?"被突如其来的惊叫声吵醒，奥拉西斯微睁开迷蒙的眼，淡淡扫了她一眼，开口，声音低沉而沙哑。

"你怎么会在这里?!"指指法老王，再用力戳戳自己的床。

"我怎么会在这里?"皱眉，他似乎还没完全清醒过来。

一把揪住他的肩头用力晃动，展琳的吼声咬牙切齿："别学我的话!! 奥拉西斯!! 你给我醒醒!!!!"

低哼一声，奥拉西斯按住自己几乎没有了感觉的那条手臂："琳，我坐在这儿当了你一晚上的枕头，你就这么感谢我吗?"

"没人要求你这么做!!"

"除了我自己，没人能要求我怎么做。"

"你这样做很无耻!!"

"无耻？我好像没对你做过什么吧，琳？"挑眉，嘴角划出一道漂亮的弧度，他好笑地看着面红耳赤表情激动的展琳。

"你!!"

"我??"

怒气冲冲的眼对着波澜不惊的眸。

半天，忽然觉得泄气。

当强悍女遇上无赖男，等于——没辙。对着空气用力挥了下拳，展琳挫败地跳下床，垂着头一声不吭往门外走去。

"小心。"

"乓!"话音刚落，展琳的头不偏不倚撞上门框。

"SHIT!!!"人要倒霉，老天都来跟你捣乱。

双手背头靠在床上，含笑凝视着她渐渐远去的背影，不知不觉，微笑着的眼里笼上一层黯然的阴影。

第十一章　出征

　　炙日炎炎，刚从工匠那里出来，没头没脑捂了一身汗，走在碧波粼粼的内河边，展琳微微叹息——为什么这么漂亮的河里会被那个变态法老王养了这么多鳄鱼呢？不过说也奇怪，来了那么久倒也没听说过有被鳄鱼袭击的事件，大概是养驯了的吧？

　　远处忽然飘来一股淡淡的薰香味。伴着叽叽咕咕的轻柔笑语声，一群衣着简单的美丽女子嬉笑着从后宫处走来。所谓后宫，便是法老王眷养姬妾的地方，男人是不得进入的。看到她们出来，展琳下意识打量四周，果然，侍卫们都回避掉了。

"听说内河清理过了，种了一大蓬莲花呢。"

"看，真的呢，花开得多旺!"

"我都等不及了，下水去玩会儿吧，这天热的……"

微张着嘴，展琳愣愣地看着一群娇柔的身影欢快地跳入清澈的河中。

"喂，你不下来吗?"抹了把湿漉漉的脸，一名棕色卷发的女子笑嘻嘻地指着展琳问。

"这个……"展琳迟疑了一下，纳闷地问:"河里不是养着鳄鱼的吗?"

"鳄鱼?"水里的女子们面面相觑:"什么鳄鱼?"

"她在说什么呀?"

"呵呵，宫里哪会有鳄鱼，不管她了，我们去那边玩。"叽叽喳喳，几十名女子妖娆的身影转瞬间没入摇曳生姿的莲花丛中。

被摆了一道啊……瞪着荡漾的河水展琳自言自语。随后，踢掉鞋子用脚拨了一下水面——凉快……

嘴角迅速展开一丝笑，搓搓手脚，摆好姿势正准备往河里猛扎进去，突然，眼睛的余光瞥见一道暗光朝她无声袭来!

条件反射地偏头、扭身。

"咄!"一声轻响。回头，一支黑亮的铁箭几乎齐根没入她背后的树干，尾端尚且轻轻颤动着。

谁?! 迅速打量四周。静逸的树丛，河里欢快的女子……安详而平和的午后世界，感觉不出一丝异样。

不动声色套上鞋，她慢慢朝王宫大门的方向走去。

"琳小姐？出去散心呐？"见到展琳出现，守宫门的侍卫都熟门熟路地朝她微笑着打招呼。

"是啊，出去走走。"点头示意，她转眼间出了宫门，融入人群拥挤的街头。

出城，越来越偏僻的坡道。

感觉到身后愈发变得明显的视线，展琳冷冷一笑：追踪者，失去了掩体，你还是快点出手吧。

风吹沙，山谷里萧瑟的回响。停下脚步，她闭上眼，右手不易察觉地贴近腰际："喂，我知道你很有耐心，就这里吧，你可以出来了。"

平静的坡道，流动的风，静寂的岩壁……徒然间被无声打破！

骤然暴发出的杀气，簇拥着一道黑色身影闪电般出现，凌厉幽亮的刃快若流星，刺向仁立不动的展琳的咽喉！

睁眼，拔刀，横阻。

刀尖抵入咽喉的一刹那被一柄缠裹着布条的刀身挡住。

"喂，速度还不够快啊。"轻笑，灵动的眸从刀尖移向那名袭来的杀手。

劲风过，黑色斗篷无声滑落，散出一头桀骜的长发，抬首，无温度、天狼星般晶亮的双眼……

倒抽一口气，笑容迅速冻结："雷!"

不容她发呆，雷迅速侧身反手一刀劈来。

急退，空白的大脑使展琳持着刀只会本能地做着防御。

"雷! 你要做什么!"

"雷! 我是琳啊!"

被刀刃割碎的布片从她手中的刀身上纷扬飘落，这把亲手为他打造的铁刃啊，此刻却化身为刺痛她心的利器! 苍白着脸，展琳在雷凌厉的攻击下发出无奈的呼喊。

"镗!"两刀对峙，发出沉闷的响声，欺近她的身体，雷淡淡道："我知道你叫琳，但我不叫雷，我是亚述王的骑兵将军雷伊。女人，你叫我再多次的雷，也不能阻止我杀你。"

"嗖!"破空之声，及时收住了展琳张口欲吐的争辩。用力将刀刃顶回，她不顾一切抓住雷的肩膀，纵身朝坡道下滚去。

与此同时，一支长箭呼啸着从雷所站的位置急速掠过。

"停!"注视着远处纠缠在一起滚落下坡的身影，带着侍卫匆匆赶来的法老王挥手制止了弓箭手的袭击："别伤

到琳。"低沉的声音。

抬头，深邃的目光紧紧追随着，直至两人从视野中消失。

坡下，撑着手，展琳用尽全部力气将雷的肩头压制住。

很近的距离，很熟悉的气息。整日整夜不停思念的人啊，此刻却用仇视的目光瞪着她，不但陌路而且敌对……

神，我想诅咒你。

"雷，你就叫雷……"俯身，将头贴近他冷淡的脸庞，她轻而坚定地道："你永远是我的雷……"低头，柔软的唇覆盖住了他紧抿的嘴角。

雷，好想你。

雷，好爱你。

雷，求你，恢复记忆吧……

电击般一颤，雷猛地挥手将展琳甩开："走开！"

重重跌落在地上，背撞击到身后坚硬的石壁，气血翻涌，一屡鲜血顺着她的嘴角慢慢流淌下来。

随手抹去，无语，她静静看着满面怒容的雷站起身，手指放入口中发出一声尖哨。

跃上飞奔而来的骏马，扭转缰绳，他用力蹬了下马腹，头也不回朝远处的大漠绝尘而去。

看着那抹身影渐渐消失，琳恋恋不舍地收回视线，蜷起身，将头埋入膝盖。

空气中飘来淡淡的麝香，一道身影悄然伫立在她身后，片刻，发间传来手指温暖的触感。

"琳，我们回去。"轻柔的，法老王的声音。

疾风般的速度。卷着沙扑面而来的风，打得脸生疼，却抹不去唇上温暖柔软的感觉。

心跳得剧烈。

恐慌，还是惶恐？埋在心底这蠢蠢欲动的奇异的感觉……到底是什么?!

皱着眉，雷用力抓着手中的缰绳。

那个女人叫他雷，那个女人的眼神炙热而绝望，那个女人竟吻了他！乱啊，无措的乱！她是敌人，他必须去杀掉的敌人，为什么见到她会有这样奇怪的感觉??

痛！剧烈的痛楚从颅内溢出，整个头仿佛要裂开一般。

天摇地动，捧着头，他重重地从马背上跌落下来。

金色的沙海顷刻间暗淡无光。欲裂的颅，刺痛的心，黄沙中挣扎扭曲的身影……

"为什么!!"空寂的世界里，凄厉的呐喊。

宽广而宁静的卡纳克神庙。

沉默的祭司推着俄塞利斯缓步来到庄严的阿曼神像下，神像前熊熊燃烧的火炉照亮了他苍白的脸。挥手，他淡淡道："你们下去。"

行了个礼，祭司们躬身退下。

从法老王大婚后开始，俄塞利斯便养成每天到神庙里祈祷和占卜的习惯。自小失明的他曾是先王心底最大的遗憾，然而逐渐成长中，自从发现他居然能通过火和水来预测未来，对国家来说，这无疑是个福音。玄妙而精准的预言，让凯姆·特在征战中屡屡获胜，他也因此成为神的代称。然而，在俄塞利斯15岁时，他的双腿突然失去知觉，体质也每况愈下，在请示过拉神之后，众神官得出结论——俄塞利斯的先知触怒了神，失明是警告，瘫痪是代价，如果再明确地将只有神才能见到的路指点给凡人，他将受到比这个严酷千倍的惩罚。之后的一场高烧，让他再也无法以清晰的目光看透未知，只能通过模糊的提示来推测。至此，他不再为任何人做出预测，只除了现在，为了自己惟一的亲人、惟一所珍视的弟弟奥拉西斯、最不信服他推算能力的奥拉西斯。

见到琳，是他能力削弱之后第一次能不借助任何媒介而清晰地看到命盘的人，但不是未来，而是过去。混乱而奇特的过去景象曾令他一瞬间几乎窒息，短短的一刹那，便什么都看不到了。琳——看不到未来的人，混乱而诡异的破命之人！

火光闪烁不定，无神的眼透过它看向不知名的远方："一切，按照命盘显示的发生，战争、权利、欲望……破命之人出现，看不到结果的战场，火焰上盘旋的尼罗河之鹰……"手一挥，火焰显出奇特的形状来，妖异，纷乱："希望之所在……但……奇怪……"皱眉，他伸指在空中无规则地滑动，继而，喃喃地道："这到底是什么呢?"

亚述王进军东北，征服了米底各部落。

西征北叙利亚各同盟国获胜，俘敌7万余人。

西征叙利亚，围攻阿尔帕德城，胜。

宽广的大殿，各色武器堆积如山，这里是废弃武器的坟场。

居高临下，展琳坐在由破武器废战车堆砌而成的小山上俯视殿中央被特意清理出来的一块空地上用白布半掩着的东西。伊姆海得老爹果然是天才，自从炼出钢后，仅花了一个半月时间就把这样东西给做出来了。经过几次实验和修改，它差不多已经定型，同当初的设想有些差别，她在原有基础上又做了一点点的改动，只是一点点哦……嘴角上扬，她露出一丝没有温度的笑：不要怪她设计得太过头，只怪亚述王惹火她了，先不管他如何让雷失去记忆，最不该，竟让失去记忆的雷来暗杀她。

"把我惹火没什么好处的，辛伽……"抿着唇，展琳横在战车铁杆上的双腿漫不经心地轻轻晃动："短期内迅速扩张的版图让你很得意吧，但是，这份得意能坚持多久呢，玩玩看吧，亚述王，看看谁玩得过谁。"

"吱嘎。"门被推开，挥退身边的侍卫，奥拉西斯径自走进殿内。

"这是什么？"看到空地上半盖着白布的东西，他一时呆了呆，旋即回过神，抬头看向坐在高处的展琳，皱眉："你让我看的就是这个东西吗，它是什么？为它你竟要我交给你200名战士。"

"它叫什么？"琳一愣神："我还没想过。"

"琳，我们正在策划攻打亚述的行动，你却叫我来看这堆连你都不知道叫什么的莫名其妙的东西？"

"它不是什么莫名其妙的东西，"纵身跳下，展琳几步来到那堆东西的跟前，用力扯落罩着的白布，"这段时间我测试了许多次，现在我可以很明确地告诉你，它，可以帮你的军队攻进亚述城！"

"你在开玩笑。"

"没有。"

"作为攻城武器，它实在是太小了点。"

"啪！"一叠纸被展琳的手掌按到法老王胸口："我的计划，看了再做决定。"

狐疑的眼色看了看她，低头，接过纸。

一页一页翻看，由敷衍的神情到认真，逐渐凝重，末了，抬起头："琳，你疯了。"

对亚述国发动的总攻，在展琳的执意要求下延迟两个月，选在一个无风的季节。

毫无征战的预兆，一夜之间由数名将军召集齐，黑压压的大军悄然开往美索不达米亚。

"征服亚述国，夺回黑鹰将军。"蛰伏那么长时间，持着用比铁还犀利的材料锻造成的武器，埃及人对这场筹备已久的战争势在必得。

"接近底格里斯河，我们兵分三路，扎布特带战车和步兵殿后；弓箭手、骑兵、盾牌军、长枪兵、攻城车随我直接取道亚述城，"顿了顿，奥拉西斯抬头看向一边默不作声的展琳，"阿穆路，按照计划，你带那 200 名黑骑军同琳绕道登上扎格罗斯山，看讯号行动。"

"是。"

吩咐完毕，回头看向身后负重的长长车队，满载着琳所有心血和信念的车队，吸了口气："琳，交给你了。"

"放心吧！"骑着雷的黑马，穿着临走前老工匠亲手为她打造的黄铜铠甲，展琳那双清亮的眼眸在黑夜中闪闪发光。

寂静的夜。

猎猎火光映着大神官沉静的脸色忽明忽暗，无神的眼眸对着前方，木然，宛若一具雕像。

殿外一阵阴风袭来，火盆中高涨的火焰晃了晃，显出一副妖异纷呈的画面来。

"啪！"火星轻轻爆裂。

抓着扶手的指猛地收紧，俄塞利斯颤抖着支起身："乌玛库！乌玛库！"

"大人？"闻声，一名祭司匆匆跑进大殿，头一次看到沉稳的大神官现出这样激动的神态，他不免有些失措。

"帮我把王找来！"

"是！"接到命令，他急忙朝外奔去。

靠回椅背，俄塞利斯缓缓吐了口气，阴鸷地对着火盆中摇曳诡异的火光沉吟。

不久，大殿外传来祭司匆忙的脚步声：

"……大人，王他前晚已经秘密率领大军离开底比斯了。"

手上青筋暴突，俄塞利斯猛地转过头，空洞的双眼逼迫着那名脸色苍白的祭司："他走了……"继而，想起了什么，急促而盲目地伸手对着他的方向："赫露斯呢？放赫露斯去，把王给我截回来！"

"大……大人……"被大神官失态的举动吓得瑟瑟然的祭司吞了口口水，低声道："赫露斯被王一起带走了……"

"王!"俄塞利斯身体猛地朝前顷,椅子承受不住重量,颓然倒地。

"大人!"祭司慌忙上前扶住他瘦弱的身体:"大人!小心啊!"

"派人……"靠在祭司身上,俄塞利斯发出低沉的声音:"派人快马追回王,无论如何,带他回来。"

沿着底格里斯河一路前行,隐约可见扎格罗斯山,这座天然屏障下所包围着的,便是亚述城了。

"差不多是时候了,"凝神远眺,奥拉西斯勒住马,朗声道,"分开走吧。"

"是!"

调转马头,展琳正要跟着阿穆路将军离开,冷不防被身后低沉的声音叫住:"琳。"

"王?"看着他策马朝自己慢慢走近:"还有什么吩咐?"

两匹马靠近,停下,疑惑的眼睛瞪着没什么表情的眸子。

片刻,眼帘低垂,一道笑意自无表情的眸中绽开:"琳,不和我告别一下吗?"

怔住,不知所措的眼神扫向四周。

低声交谈的交谈,对着远处发呆的发呆,而阿穆路将

军竟带着手下自顾自慢慢朝前走掉了。展琳尴尬地陷入僵局。

叹息。

肩膀一紧，犹豫不决坐在马背上发愣的她不由自主投入奥拉西斯温暖而结实的怀抱。

沉缓有力的心跳冲撞着她的耳膜，抬头正待挣扎，却被扣得更紧："琳，别这么紧张，"耳边传来法老王低柔的话音，"很多人看着呢。"

有意无意，他薄削的唇在她脸颊畔轻轻扫过，伴着淡淡温热的气息："你总不忍心让凯姆·特的王在自己手下面前威信扫地吧?"声音透着些微的调侃。

莫名轻颤，抵着奥拉西斯胸膛的手竟可悲地使不出力气来，控制不住的脸红，展琳有些狼狈地开口："告别……不用这样子吧!"

哑然一笑，低头，他毫无预警地在她颈上用力咬了一口!

"唔?!"用力推开一脸坏笑的法老王，展琳捂着脖子吃惊地瞪着他："你!!"

"呵呵……"勒转马头，奥拉西斯微笑地看着她，渐渐，神色变得凝重："千万小心。"话音刚落，不等她回答，他扬手挥鞭，带着队伍头也不回地朝亚述城方向驰去。

"琳!"

"……"

"琳！！！"

"啊?"回过神，展琳转身看向远处朝她挥手的阿穆路将军。

"发什么呆，快跟上了!"

"好……好，来了!"神色恢复正常，一脸懊恼的她用力擦了擦自己的脖子，抬头朝远处渐渐消失的身影狠瞪了一眼，策马，赶向自己已经走远的队伍。

为什么，脸会红？为什么，心会乱？雷！快恢复记忆！雷！我来带你回去了……你把我一个人丢在法老王身边……已经太久……

苍茫的天际，一只孤独的鹰悄然滑过，发出淡淡的低鸣……

第十二章 像鹰一般，顺气流盘旋而下

　　薰香，烈酒，美女，意气风发的众人。站在角落里，雷冷眼注视着眼前的一切，安静得格格不入。

　　连续征战的胜利，令亚述人征服的欲望得到空前满足。天性中隐含的野蛮与残暴让他们铁骑所踏之处无一不沦为修罗炼狱，他们喜欢屠杀俘虏，将一个个人头高高悬挂在城头的木桩尖上，昭示他们强大的征服力量，是亚述人最大的乐趣。然而，他却从未在这中间感受到快乐和骄傲，甚至在每一次胜利后接踵而来的，是心头无法抑制的厌恶和罪恶感。

为什么会这样？在这个国家自己竟是与众不同的吗？丧失记忆，但仍可敏锐感觉到周围人对他若即若离的眼神及暧昧的态度。亚述王，对自己可以说是重视的，每次征求他的作战计划、每次派自己担当最危险的任务、每次胜利后大量的赏赐……但，他对自己的神情始终是不信任的，甚至，还写有警戒……为什么？这是为什么……

搂着怀中柔顺的利比亚美女，辛伽狭长的双眸透过她的发默不作声地扫向角落里孤独伫立着的那个黑甲战士。雷伊，这只聪明矫捷的黑鹰，自己到底还能控制他多久呢，无论怎么完美的胜利，怎样华丽的屠杀，都无法从他眼底点燃激情的火焰，始终，是不可信任的人……可惜啊……雷伊……

"王！"穿过重重大门，一名侍卫急促地跑进热闹的大殿跪倒在地："哨兵报告，凯姆·特法老王率大军朝我城方向赶来！"

殿内瞬间鸦雀无声。

半晌，呷了口酒，推开怀中的美女站起身，亚述王脸上露出一丝噬血的笑："支离叙利亚，动摇巴比伦，美丽的法老王终于沉不住气了吗？"慢慢沿石阶走下，他从身边侍卫手中接过青铜面罩，将自己白皙秀美得如女人般的脸庞罩住："吩咐下去，让他们把那个东西准备好。"

"是！"

侧头，转向雷，眼内闪过一道不易察觉的光芒："雷伊，同我一起去会会那位奥拉西斯。"

"是!"

巨石堆砌成的城，近 20 米高的城门其巍峨气势几乎与卡纳克神庙那举世瞩目的大门不相上下。白色高大的城墙及周围连绵的山将亚述城包围得密不透风，远远看去，赫然一座坚固的山中堡垒。

一个个巨大的木桩矗立在城墙上，里头装着奇特的转盘，上面绞着极粗的绳索。成排士兵静立在木桩边俯视浩浩荡荡从正前方迅速逼近的埃及军队，城墙上没有弓箭手。

隔开一定的距离，埃及军停下前进步伐，肃静的城楼，屏息待命的部队，一上一下遥相对峙。

"王，他们没有弓手?"鉴于上次攻城时的惨痛教训，盾牌军将领略带不安地将目光投向奥拉西斯。

审视的眼细细眺望城头，除了不知道派什么用处的木桩和转盘外实在找不出有远程部队的痕迹。他皱眉，亚述王，玩的到底是什么把戏。

略微沉吟，他果断地抬起头："弓箭手掩护，给我冲!"

一声令下，重甲执盾的先遣部队势如破竹，潮水般向城门急速涌去! 身后，是缓缓推进的巨大攻城车。密集的箭雨掩护着盾牌军，不断朝城墙上射击。

没有任何反击，城头上的士兵只是撑起巨大的盾牌挡住呼啸而过的飞箭，按兵不动。

分三面攻入的部队逐渐会合，离大门还有不到一半的距离。抬起手，奥拉西斯正要下令第二拨部队前进，忽然城楼的高台处出现一张熟悉的青铜面具，阳光下，折射着诡异的光。

"辛伽……"手滞住，隐隐有不太好的预感。

刹那之间。

城墙上所有的盾牌一翻，背面银亮的壳齐齐对准炙热的烈日，反射出刺眼的光芒！

反手，挡住眼睛，几乎是同时远处传来阵阵急促的破空声，一时间，惨叫惊呼不绝于耳。

"王！他们在发射石弹！"

"王！看啊！"阵阵骚乱，燃烧着熊熊火焰的油桶从天而降，在埃及军队中猛然炸开！

抬起头，只见城头上随着那些粗绳绞动转盘，无数硕大的石块和燃烧着的油桶雨点般射向自己的军队，这样的攻势，令盾牌几乎毫无抵挡能力，一时间，冲在前锋的先遣部队尽数狼狈撤退。

——世上最难攻破的城门。

握住拳，奥拉西斯紧盯着城墙上宣泄下来的密集攻击。抬头，目光锁向更高——扎格罗斯山的方向："琳，

看到了没有，那个城门不破的秘密！"

"不破之门的秘密……"站在峭壁上，展琳俯观地面战况："这就是亚述令别国难以攻入城门的武器吗，确实霸道。"埃及军队人数虽多，但对于这样猛烈的袭击根本无法朝城门逼近一步。几乎已经起到炮火的作用，这种武器在当时来说可以算得上是极先进和强悍的了。

"这样的情形，王为什么还不发信号给我们？"

"阿穆路将军，别急，时间还早，王正在引导我们算出亚述的火力，天黑才对我们有利。"

默不作声，阿穆路在身后悄悄打量眼前的女子。从上次战役中便显现出，越是接近危险，她越表现得沉稳冷静，安静时如磐石，一旦爆发则迅猛如野兽，简直天生就是一名优质军人！这不可思议的女子。

"将军！"

"嗯？"

"这里的悬崖比我预计的要高。"蹲下身，展琳目测着距离："没有计算在内的数据，我担心会不会出问题。"

"王相信你，我们也相信你。"

微微一笑，回过头望着这位表情严肃的将军："将军，我们这次真的是玩命了呢。"

"丫头，黑骑军里没有懦夫。"

静静地对视。

笑，灿烂如骄阳。

两军对垒，僵持整整一天，这一天里埃及军始终停滞在原先发动攻击的位置，没有任何进展。

入夜。

尖锐的鹰啸，赫露斯从天而降落到阿穆路将军肩头。取出系在脚上的纸条，草草看了下，抬头："丫头，准备了。"

闻言，展琳同所有 200 名黑骑军一齐起身，朝早已整齐排放在不远处的黑压压的物体走去。

上过浆的帆布为翼，钢筋为骨，最底下那个黑色布满孔洞的方型物体是由展琳精心设计的安装 6 * 6 排孔弹簧弩发射器。空地上安安静静躺着的，是 200 多架按照滑翔机制造出的带武器装置的便携式滑翔器。

钻入滑翔器，绑好安全带，接过阿穆路将军递来的密封桶，悬挂在扶拦下的小钩上，为了不超重，她的滑翔器是惟一没有安装弩发射装置的。回头，对着身后整装待发的战士们："我先去了，听到声音马上下来。"

"是！"

"训练时教给你们的东西都记住了吧？"

"是的！"

"路特，"随口叫着一名离她最近的战士的名字，"把最基本的一条说一遍。"

"像鹰一般，顺气流盘旋而下。"

"对，像鹰一般。"

无风的季节，悬崖上只有微风轻轻扫过，静得几乎可以听到周围那些年轻战士剧烈的心跳声。

"起跳要及时，这里比我们训练的地方短了整整一半距离，你们自己把握。弩一共可以更换三次，三次之后就是你们着陆的时间，小心弓箭手，"用力提起撑杆，看向距离不到 5 米的悬崖口，深吸一口气，"好运气！我走了！"话音落，人已经带着宽大的滑翔器箭般朝前冲去。

亚述，拥有世上最难破的城门，如果想避开城门攻入其内部，除非是插了翅膀。今天，我偏是插了翅膀来灭你这不破的传说！

足尖点地，前倾，人凌空扑出。

只感觉人略略下沉，片刻，张扬的翼身奋力一振，展琳已随滑翔器稳稳浮现于空中。辽阔的空间，恣意无任何阻拦，天与地之间心驰神荡的瞬间……回头，她冲身后的队伍扬了扬眉梢，唇角勾出抹自信的笑容，手轻轻一按，机身朝下倾斜滑去。

"凯姆·特军队也不过如此了。"

"王，不如进去休息吧。"

"他们打算就这样耗一晚上吗?"推开手下送上的披风,辛伽靠在城头眯着眼注视着远处的凯姆·特军:"不进,也丝毫没有退兵的意思,我倒要看看美丽的法老王究竟想干些什么。"

风动。

奇怪,今天风几乎没有,怎么会有这样强烈的风声?

"王,看! 天上好大一只鸟!"

抬头,被无数火把映亮的夜空中一只庞大古怪的鸟无声无息盘旋着往城头方向落下。再仔细打量,这哪是鸟啊,分明是个人伏在巨大的三角形帐蓬下俯冲下来!

"人! 是个人!!!"

火把将城墙照耀得亮如白昼,清晰显示出每个人惊讶万分的表情。

居高临下,可以清楚地看到她此行的目标——不断往木桩处运送油桶的巨型原油缸,为了方便运送,就设在城墙下方,靠近城门。

运气不错啊。巨翼下,展琳对着那些惊得目瞪口呆竟忘了召集弓箭手的人们微微一笑,随即控制机身朝城楼俯冲下来。

"弓箭手!!! 召弓箭手过来! 快!!"第一个清醒过来的亚述王首次失去冷静,急吼。

"晚了啊,辛伽。"半空中用口型说出这几个字,手往下轻拨，悬挂在滑翔器下的桶立刻直线朝底下的油缸内掉落。与此同时，展琳闪电般拔枪，瞄准，在桶没入油缸的一刹那，射击。

爆炸！惊天动地的响声贯彻云霄，大地抖动，仿佛神在发怒！所有的人都惊呆了……

厚厚的城墙被炸开个巨洞，四周的建筑溅上了原油和火焰而燃烧起来，亚述城——不破的神话，就此终结。

藉着爆炸的冲击，滑翔器突地上升，眼看着手执弓箭的士兵们匆匆赶来，展琳立刻解开安全带，在滑翔器即将偏离城楼坠下去的刹那迅速跳下，险险地滚落到城楼中。

起身，几十把长枪架住了她。

"是你?"认出是上次战争中力挽狂澜的红发女子，他阴冷的眸徒地激射出精光："竟然又是你，奥拉西斯好运气居然找到你这样的怪物，插翅才能飞进的城堡你倒当真变出个翅膀飞进来了!"

抬头，微笑着看向他，不语。

"锵!"一把抽出剑对准她，这个女人，轻易便撩拨了他的怒气："你行! 我便在这里解决了你，看你还有什么办法为那个法老王出谋划策!"话音一落，举剑就要砍下。

用长枪指着展琳的侍卫连带操控武器的士兵突然无声倒地，乘机，她在剑砍落的瞬间往后闪开，迅速拔下身边的火炬用力往城墙外一丢，反手抽出腰间钢刀："辛伽，杀我不是那么容易的。"

耳边风声夹带着破空声不绝于耳。什么东西！什么东西一瞬间取掉那么多人的性命?！抬头，亚述王茫然地看向天际。

神啊！漫天飞舞的巨鹰！盘旋于半空，如急雨般弩箭密集地在城内扫射！强势攻击下，弓箭手根本来不及阻挡。

"王！看啊，亚述城上飞着那么多的鹰！"

马背上，奥拉西斯惊异地同所有手下一起眺望远处着了火的城头上那幕不可思议的景象："琳……琳……你竟然做得到……"

一道火光由城楼滑落，这是和琳商量好的暗号。敛神，他转头对着所有部下，扬手："跟我冲!"

"当!"趁亚述王分神，展琳挥刀快速袭向他的咽喉。而辛伽的反应竟也奇快，翻手将刀刃抵住，两把利刃碰撞的一刹那火星四溅。

"好快的身手。"

"好刀。"

"雷在哪里?"

"雷?"灰色眸中幽光一闪，用力推开展琳："想见他，自然会出现。"

"不说你会后悔。"旋身，刀尖又抵上亚述王。快攻，便是展琳偏好用短刀的原因。

相对于她训练有素的身手，辛伽的剑法已经开始变得凌乱，十几个回合下来，展琳一个回旋将他手中的剑踢飞，欺近，将他逼迫到围栏边，反手用刀抵住他的喉咙："最后问你一次，雷在哪儿！"

抬头，看着她的眼睛出奇地冷静："雷伊吗，他在……"

"琳！！小心！！！"在城头边掠过，一名士兵在滑翔器上对展琳大吼。

急转身，已经来不及，眼前黑色身影闪现，一拳重重击在她的肩上！后退，腰猛撞到背后的围栏。余光瞥见急速袭来的剑刃，她忙举刀用力挥去。

"叮！"撞击，剑折断。抬头，那张俊逸而苍白的脸突兀地出现在自己面前，惊喜："雷！！"终于找到你了啊！

左手旋出，张弛间，他面无表情地将隐在手中的利刃准确无误地插入眼前这名忽然对着自己露出惊喜神色的女子腹中。

黑色刀身，密集的齿槽……

低头若有所思地看了看那把在自己腹中吐着寒气的铁刃，再抬头看看面前眼神冷得毫无温度的男子："雷……"张口，鲜红的血从口中涌出。"卡嚓！"爆裂声过后，倚靠着的围栏突然碎裂，深深看他最后一眼，展琳无力地朝城楼下坠去。

"用这把刀刺入对方身体，刀刃下方的血槽会破坏对方血管组织，借此给你的对手造成最大伤害，被它刺中的伤口，是很难愈合的。"

依稀一张脸，笑容如旭日般灿烂……谁？是谁？!

头痛欲裂。

"啪!"电光火石间，雷突然伸手一把扣住展琳下滑的手腕，及时止住了她继续坠落的趋势。

茫然抬头，没有神采的眼睛看向神情莫辨的雷，不语。随即，只觉得手腕一紧，整个人凌空荡起，飘然落入他张开的怀抱。

"雷伊!你在做什么？杀了她!"

"杀了她？"静静抱着脸色苍白的展琳，雷隐没在黑暗中的神情看不真切："王，她已经快死了。"

扬起脸，面具背后的灰色眸子闪烁不定："把她丢下去，锉锉凯姆·特军的锐气。"

"我不想这么做，王。"转身，雷背对着他，靠墙将失血过多而目光有些涣散的展琳放到地上。

"你知道你在说什么？"从地上拾起剑，辛伽不动声色地欺近俯身看着展琳的雷：想起什么了吗，黑鹰将军，真可惜啊，这一个人才，为什么要那么快恢复？舍不得呢……

"雷伊，对自己的王说这种话真是大逆不道啊。"高举起剑，他嘴角溢出一丝冷笑，——得不到的，不如就毁掉罢！毫不犹豫，闪着寒光的剑锋直刺向雷的脊背！

"扑！"剑未落，身形却止。

也不见雷是怎样出手，手中那柄断了一截的剑刹那间被他反手插入亚述王穿着护甲的胸膛！头未回，望着展琳，微笑。

温柔的笑，只属于她的雷的笑，瞬间，光彩自展琳涣散的眼神内激射而出。雷，她的雷，回来了啊！

"你……"指着雷，辛伽瞪着不可思议的双眼。为什么会这样，断了的剑……怎么可能刺穿坚实的铠甲！

猛转身，雷肩膀微侧，斜扣住亚述王握着剑的手，毫无温度的眼朝他淡淡斜窥。安静，却充满危险气息，如同看上猎物的猛兽……这就是黑鹰将军的真实面目吗……

"辛伽，"低沉淡然的声音，"利用我的代价你出不起。"

拔剑，猛刺——对着他没有防护的腰部。

拔剑，继续刺——对着鲜血疯狂喷出的伤口……面无表情，一下接一下，直到亚述王颓然地跌倒在地上。

城楼下，是埃及军斗志高昂的喧哗。黑暗中突如其来飞行在空中的神秘武器令他们如虎添翼，强大的反扑转眼把亚述兵团打得溃不成军，这座被天然屏障所包围的坚固城市顷刻间沦陷。

凯姆·特赢了，安全了……丢掉手里沾满鲜血的残剑，雷一步步走向靠在墙上目不转睛地看着他的女子。

忽然，耳朵内传来隐约异声。微侧头，眼睛余光瞥见右方不远处高台上一名浑身浴血的弓箭手扯满弓，愤怒的眼神对准展琳。

不假思索，他纵身朝她飞扑而去，在那名弓手用尽最后力量将箭射出的霎那，落到展琳跟前，双手撑墙，牢牢将她护入自己的羽翼！

"雷?"微骇，展琳怔怔看着慢慢走向自己的雷突然加快速度，风一般掠到跟前，身子微颤了一下，张手撑墙将她环住。久违的温暖感觉呵——无血色的脸，竟闪过一丝红晕。

"琳……"靠得很近，空气中传来他熟悉而淡雅的气息，抬手，小心翼翼抚摸她柔软的发梢、脸颊："我竟伤了你啊……琳……"手指冰凉，他脸色苍白得可怕。

"没事……"精神松懈，展琳眼前开始一阵阵发黑，思维涣散："我不在乎……雷……可我觉得有点困……"

"别睡，琳，不要睡……"手慢慢垂下，悄然环住那副无力的身躯，头在她颈窝处靠下，雷的声音透着丝疲惫："琳，等我好吗?"

"等……"为什么要等? 涣散的意识，却不容展琳深思，只是本能地喃喃应道："好……我等……"

闭眼，皱眉，抱着她的手慢慢用力。

为什么每次都是这样，好不容易得到，轻易便又失去……

冰凉的感觉，从背后贯穿入体内，终于忍不住，一口甜腥从嘴里喷出。从琳光亮的铠甲上，清晰倒映出身后亚述王摇摇晃晃的身影及摘去面具后被狰狞所扭曲的面容。

"呵呵，傻小孩，以为这么点力气……就足够至我于死地了？"

"我本来便活不久……辛伽……既然还有口气不赶快逃命，却浪费力气在我身上……到底是谁傻……"看着怀中已经失去意识的展琳，雷静静道。头，始终不回。

伸出鲜血淋漓的手，一把将他飞扬的发扯起，辛伽突然失去自制地嘶吼："为什么不回头！！！为什么不回头！！！你连看我最后一眼都不肯吗！！"抽回剑，带出一道鲜红的血，抬手，他将剑高高举起："好，好！高傲的黑鹰，我便捣碎了你的肺腑，看你还能不能冀望来生和她……"话音，突然止住。

闪着寒光的剑头，不偏不倚从他心脏处透出。背后，静立一条金色的身影。

震怒的目光转向身后："奥拉西斯……"

"当！"手中的剑落地，脸上，却显出一丝诡异的笑来："我在地狱等你……"

头低，落腰，一支漆黑乌亮的弩从领内骤然射出！

层层叠叠的火把，映照着相拥在一起两人安详的脸。风，吹拂纠缠的发，径自舞动……

"琳……"朦胧的呼唤，展琳勉强集中精神，睁开一丝眼帘。

眩晕，混乱，茫然中一只微微晃荡的金鹰雕像渐渐向她靠来……

"不要……不要啊……"你这不祥之物，不要再靠近我！

耳边不停传来深深浅浅的脚步声和散乱的话语，遥远而空洞，随着琳的意识，渐渐消失于空气中。

第十三章　爱人还是陌生人

刺眼……刺眼的光，地狱，天堂？

"醒了，她醒了！"

"琳？！"

"大夫，快找大夫来！"

熟悉的语言，熟悉的声音，仿佛来自天边，遥远而模糊。

一只温暖的手轻轻撩拨她额上的发丝，同时拉回她混沌中游离的意识。皱眉，费力地睁开眼："谁……"

"琳，琳，醒醒……"

模糊到清晰，逐渐适应了一室的白，也看清了眼前两张欲哭无泪的脸。

"慧……利丝……我不是在做梦吧……"

毫无防备，牧慧一头扎入展琳的怀里："混蛋！你去哪儿啦！一年多！我们整整找了你一年多啊！！"

目光由激动的她的身上转向利丝："我在哪儿？"

"我们的人在伊拉克境内发现了身负重伤、昏迷不醒的你，急救的同时用最快速度通知我们，由上头亲自出面把你带回上海。琳，你怎么会跑到那里去的？"

梦境，还是现实？这近两年所发生的难道只是场幻觉？无语，展琳慢慢垂下眼帘："我累了……"

听到两人脚步声渐渐远离，握紧的拳小心翼翼地从被窝中伸出，对着窗外淡淡投入的阳光，张开。

黑色古朴的戒指，盘踞在她白皙的指间，幽光闪烁，无声昭告一切。

"不是梦啊……"手指用力收拢，叹息："雷……你竟又骗我了……3000 年后的现在，叫我如何再能等到你……"

三个月后。

"这么说，木乃伊和金棺都不见了？"

"没错，我们赶到的时候只看到满地狼藉，最珍贵的

那些文物全部遭劫。”

“埃及方面怎么说?”

“他们给我们破案的最终期限是一年，事实上，时间早已超过。”

呷了口咖啡，展琳将目光从资料上移向倚在档案部门口看着她的罗少校:“一点线索都没有?”

“不是一点都没有，”慢慢踱进来，罗扬到她对面坐下，“这次派小慧和利丝去欧洲就是为了前段时间的一些发现。”

“为什么不让我一起去?”

“你还没完全恢复。”

“啪!”用力合上文件，她站起身:“你们是不放心我吧，罗少校!”推开椅子快步走向外面，门口处她停了停，转头，露出一丝若有若无的笑:“顺便问一下，我被发现时穿在身上的那套衣服你们该研究够了吧。”

“琳……”不等回答，她已消失在走廊外。

文物被窃时失踪，一年多后穿着奥拉西斯王朝时期的铠甲昏迷不醒出现在伊拉克境内，总部里有人不禁对展琳的遭遇产生质疑，也因此没有将刚刚归队的她安排入欧洲之行。只是无论如何自己都不会信不过她的啊，为什么展琳望着他的目光是那样陌生和疏远……

她变了……时间还是错觉? 蹙眉，罗扬发现回来后的

展琳似乎遥远得隔了一个世界。

害怕阳光，因为那个给自己带来阳光般温暖的人不在这世界。

爱上下雨的天气，习惯不撑伞在落雨纷纷的街头漫步，风夹杂冰冷的雨扑面而来的感觉，仿佛广袤无垠的大漠里四季下沙的吻触。

车来车往，路人行色匆匆，神情冷漠。空气中飘着淡淡的咖啡香和似有若无的音乐声，潮湿地面，映着街面店牌上的霓虹灯色彩纷呈、晶莹剔透。店内温暖的光，店外微寒的气流。停下脚步，展琳在一家已经歇业的商店宽大的玻璃橱窗前站定。

蓝衫，黑裤，已经半长的发被雨水打得湿透，紧贴脸颊杂乱无章地黏在一起，脸，苍白而憔悴……这是自己吗？一眨不眨注视玻璃窗内折射出的自己的身影，她微怔。

依稀看到金色阳光下那名快乐少年紧随着饥肠辘辘满头是汗的自己，在熙攘街头上你一言我一语吵闹不休……

"琳，等我好吗?"

"雷，你在哪里……"手指在玻璃上沿着幻觉中的画面轻轻勾勒，不觉视线渐渐模糊……

痛，来自脖颈上那处曾被奥拉西斯咬过的地方。两个多月前照镜子时就发现了，这块地方，有个小小的蝴蝶状的红斑，碰上去没什么感觉，可是总也消不掉，但，每当她想雷想到心痛得发慌时，这块斑便会隐隐作痛。苦恼，奥拉西斯，你留下的这个是什么呢……这到底是什么呢……

幻境消失，抬头，无语看天。

"嘀……嘀……嘀……"突如其来的声音拉回展琳的注意，从口袋里掏出联络器，上面短短几个字：总部急召，速返。

"门外好些记者，珍，出什么事了，这么晚找我们来？"总部大楼今晚异常热闹，许多平时不常见面的外放人员也赶了回来，而且门口还等了不少记者。有些惊讶，展琳好奇地询问大厅接待。

"展小姐，不得了呢，今天有个大人物要来。"压低声音，她显得神神秘秘。

"大人物？"挑眉："这么晚来这里？还要赔上那么多人休息时间？"

"听说是刚从英国赶来的……"

"琳，802找。"还没来得及说完，就被边上接听电话的另一名接待匆匆打断。

歉然朝珍笑笑，她往电梯处走去。8楼，总部枢纽要地，所有首脑都集中在那里。而802，便是他们的会议中心。

这个时候把自己找去会有什么事呢？满腹狐疑，电梯门"叮"的一声在 8 楼缓缓打开。

"琳，你可来了。"见她出来，立在另一处电梯口候着的罗扬忙折回："再不来我要下去找你了。"

"今天谁要来？这么隆重。"

"马上就能知道，跟我来。"

匆忙的脚步，跟随罗扬踏入这间平时鲜少有人涉足，宽敞而豪华的多功能会议厅。

雷蒙德·佩莱斯特·赫克，法国 U.B.L 财团董事（名义上），一个不在财富榜，却富可敌国的男人，一个明里从事多媒体及影音业，却又并不仅靠此为主要财产来源的男人。10 月份，在世人惊讶的眼光中将大英博物馆珍藏的近 30 件古埃及文物买下后转赠埃及政府，于是他一夜间，成为世界上最受媒体关注的男人。听说他有 1/4 的血统是埃及人，听说那些无法用金钱来衡量的文物并非用钱，而是以同等价值、令英国政府极为感兴趣的东西交换而来的。听说，那都是些被世界各国所觊觎的东西，至于是什么，作为小老百姓，没人知道。

为什么这么做，除了爱国情绪，别的似乎都无法去解释，不过倒也确实符合他的个性。通常来说，雷蒙德是个让人无法琢磨，亦不按常理出牌的男人。

在展品遭劫的那段时间，他没有发表任何意见，只是由着埃及与中国两国间不断协调和追查，冷眼旁观。就在人们以为他几乎把这事遗忘的一年多之后，他却突兀地出现在上海，并携带大量调查人员，声称将于5分钟后赶到此地。

灯光将廊外越来越密集的雨映射成一张白色巨幕。随众人守候在门口等待贵宾驾临，展琳不由觉得好笑：至于嘛，不就是钱多而已，有必要这么兴师动众？让人看着笑话！

"琳，对方指名要AT三人组到场，现在牧慧她们都不在，希望你能和他带来的调查员全力协作。"耳边是上级郑重其事的叮嘱，不以为然：凭什么要让那些外行人来插手，这么多优秀的探员调查近两年几乎没有什么进展，那个什么雷蒙德以为趾高气昂带个一大堆人跑来上海就可以解决一切？笑话，他还真把自己当成回事，无非是有钱人吃饱饭没事做心血来潮而已。

喧闹声和交织的车灯将她思路拉回。

准时。

五分钟刚到，十多辆黑色林肯蜿蜒驶入总部高大的铁门，将消息灵通且早已守候多时的记者尽数阻挡门外，齐刷刷在办公大楼前停住。

车门开，一名看上去相当强壮的高大黑人男子钻出，撑起手里的伞绕到右车门，打开。

咦，主角登场了。微笑，展琳冷眼看着身边的人群涌向头一辆打开的车门。

一抹黑色身影从车内不紧不慢地跨出，抬头，漫不经心甩了一下长发，那把乌黑飞扬的长发。

昂贵飘逸的丝质风衣，黑薄羊绒套衫，黑色长裤，修长身影在簇拥的人群中醒目而独立。

"雷蒙德先生，欢迎欢迎。"

"雷蒙德先生，我们快进去吧。"

墨镜挡住心灵的窗户，薄唇勾出淡淡笑容："好，请带路。"声音低柔，像一道和煦的春风。

"请问，AT三人组成员在哪里？"步入大堂，同周围热情的人群稍微寒暄了一会，雷蒙德轻声询问身边的负责人。

"噢……啊，她在那里。"顺着手指的方向，他看到站在角落里安静地站在大门边，透过落地玻璃无聊看着窗外雨景的红发女子。

只有她一个？微蹙眉，他丢下众人径直朝她走去。

干净的玻璃，清晰倒映出那条倍受瞩目的黑色身影穿过人群朝这边稳步走来。温热气息随着他由远而近的脚步声悄悄袭向她的背。停住，镜片后的目光在落地窗的倒影

中与她微微有些惊讶的目光碰撞，片刻，摘下墨镜伸出手："雷蒙德，你好。"

转身，抬头，突兀地对上凝视着她的眸子，那双黑亮幽深得如同天狼星般的眸子，"天!"脸色骤变，展琳一瞬间生生失去呼吸。

雷……雷!!!!!

心乱……脑中一片空白，木然张开自己突然变得冰凉的手，同那只温暖有力的大手相握，颤抖的唇喃喃道："展……展琳，你好……"

手中冰冷的温度让雷蒙德怔了怔，细细打量眼前女子："琳，我可以叫你琳吗?"

"……可以。"

"你全身湿透了。"

"没事。"

"等会去清理一下，我不喜欢看人发着抖同我谈话。"

"呃?"

"半小时后来见我，我们谈谈。"

"好……"木然，呆呆看着他转过身重新投入人流的环抱。

命运……把爱突兀带来，又轻易掠走。3000 多年前的爱人，3000 多年后的陌生人，近在咫尺，远在天边。失去记忆尚可恢复，但根本不认识的两个人，如何去唤醒他消散在远古的回忆……

对着陌生的目光，苦笑。

雷，我找到你了……雷，可你我却成了走在两个不同世界的人……雷，我该怎么办……

"这么说，那天晚上牧慧和利丝迟到了整整两小时三十分？"身子靠向椅背，雷蒙德十指交叉侧脸看着坐在对面一直垂着头回答他问题的展琳。这女孩和资料里介绍的好像不太一样，资料里说她个性刚强，神经敏锐，是个遇强则强天质极佳的军人，但眼前的她分明无精打采，一副苍白而神经质的样子，有没有搞错？？

"是的。"

"你有没有问过她们迟到的原因？"

"问过，她们说她们也不清楚，赶到的时候就莫名其妙已经迟到了。"

手指轻轻扣着桌面："琳，请你抬头看着我。"

不情愿地抬起头，展琳目光的焦点却对着雷蒙德身侧。真的不敢对那张熟悉的脸庞多看一眼，害怕崩溃。

"什么叫不清楚，什么叫莫名其妙，你可以告诉我吗？"

"不清楚就是不晓得，莫名其妙就是想不通，对发生的事感到迷茫，思维模糊。"神啊，快结束这场谈话吧！

静。整个办公室清晰得能听到两人微微的呼吸声。

半晌："琳，我希望你能保持合作。"

"我在合作。"

"合作？"手支着桌子，他身子前倾，双眼危险地眯起："不清楚、莫名其妙，你不觉得这样的回答相当不符合你在这栋大楼里的身份？"

"事实就是事实。"

"她们这么说你就相信？没有怀疑？这样的回答漏洞百出。"

"当然。"眼神猛转向雷蒙德，微愠的眸徒地闪出一丝光："有怀疑就不会合作。"

"你对我有怀疑。"

"怎么讲？"

"你不合作。"

"……"

猫科动物般锐利的眼神，包含思绪瞬息万变，隐隐流动威胁的光芒……这才对嘛，微笑："那好，撇开她们莫名迟到的原因不谈，你呢，遭到袭击的当时身为 AT 三人组的你不可能一点抵抗都没有，束手待毙？"

"……他们速度太快……"

"哦？"挑眉："你在夸他们还是贬低自己？"

"突如其来的强光削弱了我的反应能力。"克制……克制……

"不要告诉我最优秀的特种兵之一，你们竟连这样应付突发事件的训练都没接受过。"

"呼！"突然起身，展琳冷冷的目光对着似笑非笑让人看了忍不住想揍他一拳的雷蒙德："这是合作交流还是审问？"

"琳，你有点激动。"

"对不起，但今天我已经很累了，雷蒙德先生。现在是凌晨两点，明天我还有工作要做，能不能请求告辞？"

"当然，"抬头看着转眼间变得像是另一个人的展琳，他若无其事地玩弄手中银亮的打火机："以后还有的是机会，我们可以……慢慢谈，是吧，琳。"

"再见！"转身，展琳用最快的速度朝门走去。

"琳。"看她走到门口，他忽然开口叫住她："雷，我习惯我的合作伙伴叫我雷。"

"晚安！雷蒙德先生！"头也不回，她推门而出。

雷！雷！真见鬼！自己居然会把他当成雷！不过是长得极像而已！！自以为是、以自我为中心、咄咄逼人！他哪里和雷相同了！该死！

第十四章　塌陷

"琳……"

房间很暗，雾气迷蒙。单人沙发上影影绰绰坐着一个人。

"谁？"是谁？无声无息潜入自己房间而自己竟一无所知！

"是我啊……琳。"

雾气好像淡了点。那个坐在沙发上消瘦的人影，白衣，柔长的、掺杂着银丝的黑发……天使般脸庞……

"俄塞利斯？!"

抬头，深邃的眼眸忽闪，笑："是。"

"你怎么会在这里?"

"破命之人……"眼里忽然闪过一缕淡淡的哀愁："请随我回去……让王重生。"

"奥拉西斯他……死了?"

"是的……"

"那……雷呢……"压低声音，她语气有些不稳地问。

"随我回去……琳……"莫名的，那抹白色身影渐渐变得模糊。

"回答我! 俄塞利斯! 雷，他怎么样了?!"伸出手，竭力想去抓住他越来越淡的身形。

距离，总保持那么一截，从自己站立的位置到沙发，无法逾越。

"别走! 回答我!"尖锐的叫声从喉咙内急切地宣泄而出，睁眼，手半张，对着天花板。

柔柔的街灯透过窗户斜射入室内，安静，昏黄，但不模糊。

是梦……

"小乖乖! 起床啦!! 小乖乖! 起床啦!! ……"牧慧的超级闹钟以绝对高分贝音量尖叫着把展琳惊得从床上一跃而起。

蹙眉，伸手掐掉闹钟声音，目光停留到指针上："糟糕。"11点半了……

忍着突然被吵醒后大脑晕旋迷糊的感觉，她起身跌跌撞撞冲向卫生间。

"乓！"一不留神，把书架当成了卫生间的门，她习惯性靠上去推，却震落上头整排书本。真是越急越乱事……

"叮铃铃——"电话偏又在这时疯狂响起。长叹一口气，她跨过撒了一地的书，拎起电话："喂？"

"你好，请问是展琳小姐吗？"

"对。"

"我是雷蒙德先生的助理秘书阿黛勒，他让我转告你，从今天开始请你放下所有事情，全权协助由雷蒙德先生亲自负责的调查工作。"

"什么？全权协助？我不明白，阿黛勒小姐，雷蒙德先生似乎没有安排我工作的权利吧？"

"如果你有什么不明白的地方可以和你的上司沟通一下，我只负责将雷蒙德先生的话转达到，此外他希望你务必在下午1点准时赶到2号实验楼，他在基因分析科等你。"

"……"2号实验楼，那个雷蒙德倒是对总部环境熟悉得飞快……

"展小姐，你都清楚了吗？"

"是的。"

"那再见。"

"再见。"挂上电话，皱眉：全权协助雷蒙德？好吧，罗扬，希望等会你能给我个合理的解释。

俯身，开始收拾地上散乱的书籍。

突兀的，一本翻开了的厚重书本上醒目的粗体字撞入展琳眼帘：奥拉西斯王朝——短暂神秘的钢铁时代。浑身一颤，她将那本厚重的书一把抓起——《世界历史》。

"人们惊讶地看着罗内尔教授从奥拉西斯王朝时期的墓穴中取出几种武器，激动地喊：'钢，这是钢啊！'那个时期应该是连铁器都未得到普及的时代，却不可思议地出现钢制武器，而在若干年后，这神秘的炼钢技术随着王朝的更新又突然消失，并没得到广泛运用，也没推进古埃及的军事发展，因而这段极为短暂的钢铁时代同尼罗河之鹰一役并称为奥拉西斯王朝时期两大不解之谜。"

尼罗河之鹰一役……似乎有些省悟，她颤抖的手指飞快往后翻。

"亚述拥有号称'攻不破'的城门，数万埃及军空有众多兵力却被亚述军新式猛烈的守城武器阻拦得无法朝火力范围内推进一步。僵持不下之际，天空突然出现无数巨鹰，巨大声响随着冲天火光破开那座固若金汤的城池，火焰上漫天飞鹰盘旋，法老王奥拉西斯在这看似神力的帮助下一举攻下亚述城……后人在石碑上用敬仰的口吻记载：伟大神子奥拉西斯，召唤来守护埃及的尼罗河之鹰，打破世上最坚固的城门。尼罗河之鹰到底是什么？

破开固城的方法又是什么？至今没有人能揭开这个谜。
尼罗河之鹰——沉睡在尼罗河底的永恒秘密。"

　　她敢发誓，从没在《世界历史》中读到过这两段东
西，从没有过。尼罗河之鹰，他们是这么称呼那些滑翔器
的？哈哈……哈哈……

　　"啪！"书从指间慢慢滑下。

　　"历史……我改写了历史……"哭笑不得。

　　"罗少校，为什么把我指派给那个雷蒙德?!"

　　抬头，罗扬望着一进门就直接走到办公桌前两手撑着
桌子有些咄咄逼人地询问他的展琳："琳，只是暂时的。"

　　"我不想同那样自以为是的外行人谈合作。"

　　"你是直面过袭击者的人，也是我们这里最优秀的特
警之一，他希望得到你的协助。"

　　"有疑问他尽可以来找我，不必让我直接去接受他的
调遣吧，我是国家公务员，不是他私人助手。"

　　"琳，"看着有些失态的她，他有些无奈地笑笑，"这
是上头的意思。"

　　"……"语塞。

　　白色大褂，罩着深灰色西服，黑色长发随意扎在脑
后，露出那张清俊、冷漠的脸，一丝不苟的眼神盯着闪动

着的电脑屏幕。

就这样坐着，仿佛看到雷安静的身影……站在门前，展琳望着雷蒙德沉思不动的身影，失神。

"你迟到了。"抬头，雷蒙德修长乌黑的眸淡淡扫向门口发怔的她："10分钟，希望下次能够准时。"

一桶冰水从头浇到脚，把展琳泼醒："我去找了罗少校，所以来晚了。"

"不用解释。"目光从表情有些僵硬的她的身上重新移向屏幕，敲打键盘，不语。

尴尬，展琳站在门口进也不是，退也不是。

就在以为自己几乎被他忘记干净的时候，他低沉的声音忽然缓缓响起："罗把以后的工作情况都向你交代清楚了吧。"

"呃……是的。"

"那好，"他的身子朝椅背上一靠，嘴角勾出一丝笑意，"进来，看看这个，以前有没有见过？"

十分不情愿的，展琳走到他身边，顺着目光所指的方向，看向电脑屏幕。

心猛跳了一下。

身子不自觉颤了颤："见过……"屏幕上，是张放大了的照片，照片上清晰显示着一条古朴但做工细致的项链，岁月的侵蚀让它早已变得晦暗而残缺，但那未遭受太大磨损的纯金鹰形雕像，还是让展琳一眼便将它认了出

来。怎么会不认识呢？先后在木乃伊、雷和奥拉西斯身上出现过，这昭示着不祥的东西，怎么可能不认识！

"见过，还很熟悉，"微笑，雷蒙德将目光直视她的眼睛，"是吗？"

"我……"吸了口气，展琳让自己脸色迅速恢复正常，"在那具被盗木乃伊身上见到过一次。"将在自己目光内不断探究的神色不动声色地逼退回去，她盯住雷蒙德深不见底的眸："有什么问题？"

"琳，你真是很不细心呢。"他移开目光，修长的指在键盘上飞快点了几下，屏幕上的图片放大了。

"这是？"望着雕像边一枚小小的圆形黑色物件，展琳不解地看了看雷蒙德。

"是被盗当天连同这项链一起遗落在展览厅内的，你看得出是什么吗？"

"这个……"自己看了看，蹙眉："好像是……"

"看不清楚是吧？那换这张看看。"鼠标轻点，另一张图跳了出来：铜色，有些磨损，但仍能辨认出上面刻着CK二字。

"钮扣？"

"对，"雷蒙德轻笑，"确切地说，是一粒经反复鉴定而确认，来自3000多年前印有CK标志的钮扣，有意思的是，它和两年前CK牛仔服上的钮扣造型一模一样。"

CK……CK啊……展琳只觉得头皮微微发麻，CK不正是自己莫名其妙掉入古埃及时空的时候穿的那件牛仔服的牌子吗？不知道自己目前的脸色如何，她勉强挤出一丝笑："怎么可能？呵呵。"

"是啊，怎么可能。"似乎没注意她的表情，雷蒙德目光深深注视着屏幕："如果不是这次失窃，我们可能至今发现不了这个有趣的小东西……"漫不经心的，他瞥了眼展琳后随口问道："你很喜欢 CK 这牌子？"

展琳穿在白大褂内的正是这个品牌的牛仔服，不知所措地低头看了看自己的衣服，她突然警惕地回过神来："雷蒙德先生，你今天叫我来是为了谈衣服品牌？"

似乎没想到她会这么说，雷蒙德稍稍愣了愣，继而微微一笑："不，还有一件事。"

"什么？"

"这条鹰形项链，"他将鼠标点了下，图片切换过来，"传说法老王对它从不离身，这也是鉴别法老王木乃伊真伪的有力证据，不过这次我们在它上面分离出了微量血迹。"

"血迹？"展琳的心微微一抽，不动声色。

"经过 DNA 分析，发现它和那具木乃伊的 DNA 完全不符合。"

"哦？那你的意思是……"

"传说被推翻，项链应该是后期来到法老王身上的。不过……"他手指轻轻敲打着桌面："我现在对项链原先

的主人倒颇感兴趣了，琳，想想看，沾了原先主人血迹的项链被高贵的法老王当作宝贝一样贴身带着，至死相随，他们之间存在着某种怎样的联系呢？"

"雷蒙德先生，你的想像还真丰富，这血迹也许 N 年之前就有了，天知道是属于谁的。"惨白着脸，展琳轻描淡写地道。

"我们带来了世界上最先进的设备，它告诉我那些血迹同木乃伊身上取下的切片所显示的时间相差不会超过 5 年。"

"……"

"不过，现在被你一说倒觉得没意思了，琳，"站起身，雷蒙德舒了舒身子，"一流的调查员要有一流的想像力，往往看上去没有任何关系的事情联系到一起便形成了……"转眼看向她："答案。"

"我只是个特警。"别过脸，展琳不想再继续看那张同雷形似神不似的脸。

"别给自己找借口。"

又来这一套……琳索性垂下头："你爱怎么说就怎么说吧。"

琳觉得下巴忽而一紧，头一下子被扳起，无防备地对上那双夜星般的眸。

"真奇怪，"看着她有些失措的眼神，雷蒙德突然露出笑容，阳光般纯净的笑容："我发现每次你看我的时候总好像嘴里塞了一打话梅似的。"

"……"瞪眼："放手。"

"琳，你很倔强。"

"……这个与你无关，再不放手我要不客气了！"

"过于强硬的性格怎么能当好一名优秀的特警？"

"呵呵……"头被禁锢在他指间，展琳忽然朝他绽出一道明媚的笑脸："那是因为……"

趁雷蒙德因她突如其来的笑容而微微失神，她猛抬头将脸从他手中挣出，随即，张开嘴，闪电般毫不客气地对准他半张的虎口用力咬了下去！

"喂！！"怎么也想不到居然会被人咬，而那人一秒钟前还在自己的目光中不知所措，雷蒙德捧着印了一圈深深牙痕的手整个人呆住了。

"哈哈！"看到他头一次失态的样子，展琳忍不住得意起来，闪身窜到门口："那是因为我总是能给敌人最意想不到的打击，所以就算有缺点也不影响我成为一名好特警。雷蒙德先生，如果没什么事我先告辞了。"

真是……第一次碰到这样的事……不知道该好气还是好笑，他怔在原地眼看着她轻快的身影消失在走廊之中。

楼道口，展琳停下奔跑的步伐，微笑的脸色逐渐凝固。

刚才是看错了吗？有那么一瞬，雷蒙德那愣愣的样

子……有点像雷呢……

"琳……"低柔的声音，且远且近。

急转过身，安静的走廊内，一道白色身影明灭不定悬坐在半空，长长的发丝无风自动。

"俄塞利斯……"是梦？是真？

"没发觉吗？你已经不属于这个世界，随我回去……"伸出手，他睁着空洞的眼朝她微笑。

"展小姐，你怎么在这里？"电梯开了，一名认识展琳的工作人员从里面走出。

"我……"一屡清风拂过，俄塞利斯已消失得无影无踪："是雷蒙德先生叫我来的。"

"哦，我先走啦，再见。"

"再见。"

再次剩下她一个人，犹豫了一下，她小声喊："俄塞利斯？俄塞利斯？"

走廊内，安静，一如往常。

地底，1号研究室。

密封罩内，静静安放着一套经过处理后散发黄金般光泽的铠甲，女式的。

玻璃反光映射出一条人影，黑衣，长发，手中握着把锈迹斑斑的短刀。

黑色刀身，铸着密集的齿槽，明眼人一眼便可看出它虽然做工粗糙，却绝对是按照军刀的样式制成。有趣，3000年的刀龄，3000年后的造型，是巧合还是……

　　离开密封罩，雷蒙德在边上的沙发内坐下，手，有意无意旋转玩弄着那把古朴的短刀：穿着奥拉西斯王朝时期的铠甲，被同一年代的铁刀严重刺伤，有人认为那是分赃不匀后展琳被歹徒所伤，然后用这些假案误导警方的手段。但是，自己却不这么认为，怀疑展琳……实在是件很荒谬的想法，也是实在想不通原因后所找的借口。发现的时候，刀身严重锈蚀，但是她的伤口表面却几乎不含铁锈，只能说明一点，刺入她体内的刀没有生锈。但确实是被这把刀所伤，并且在刺伤她后才在极短的时间内完成了锈化过程……不可思议……到底是什么原因……3000年前的刀，没有生锈，刺伤展琳，恢复生锈的原貌……乱……混乱……

　　"雷蒙德，这么晚了还不休息?"冰凉的指尖按在他有些发涨的太阳穴上，轻轻揉动，空气中飘来淡淡CD香水的味道。

　　"蔚维安，我在思考的时候不要来打搅我。"侧头，他躲开那双细柔的手。

　　"……对不起，那我帮你泡杯咖啡?"

　　"不用了，"站起身，他将外套甩上肩头，朝那位美丽的助理微微一笑，"你早点休息吧，我出去转转。"

温柔优雅的笑，毫无温度，一道无法逾越的距离。

"咔嗍。"四分五裂，那些看上去应该是可以凑到一起的部件偏偏就是组合不起来。折腾了一会儿，展琳开始失去耐心。

"你在干什么?"干净清朗的声音，从头顶突兀响起。抬头，看到那张最想见又最不想见的脸……

"我在……"还没等她回答，雷蒙德随手拎起了一个部件。

"沙漠之鹰改进型，今年最新出品……怎么，你组装不起来了?"微笑。这表情……展琳忽然觉得牙根有些痒痒。

"是……"没来得及回答，他已径自坐到她身边，抓起散乱的部件熟练地拼装起来。

展琳几乎有些惊讶地看着那些被自己拆得凌乱的小组件在他修长灵活的指间迅速成型，快捷而干练的手法，仿佛一名训练有素的军人。

"别像个白痴一样瞪着我。"组装完毕，雷蒙德握着枪杆随手在她脑袋上轻轻敲了一下。

呆滞。

一抹晕红以不可察觉的速度飞快爬满整个脸颊。片刻，展琳默不作声地抓起桌子上的摩托车头盔转身朝休息室外走去。

"琳。"

停下脚步。

"你开机车来的?"

"是的。"

"介不介意载我出去透透气?"

"……时间不早了,雷蒙德先生。"

"你看,我来上海那么久都没时间好好逛逛……这样,你顺路载我一程,我自己叫车回来。"

"你……"回头,那双黑亮闪烁的眼睛……说不出来的感觉,无法拒绝:"你说的,我可不负责送你回来。"

"没错。"

"好吧……"

"我是个白痴!!"当雷蒙德的高大身躯跨上她的机车,双手很自然地将她腰环抱住的一刹那,展琳后悔了,非常非常后悔。自己怎么会答应载他的?!

淡淡的气息,熟悉的环抱。他不是雷啊,不是雷……但为什么气息如此相似?仅仅一个相仿的动作、一句相仿的话,便让自己透不过气来,更何况眼前那么近距离的接触……

幸好,严实的头盔遮住了她泄露在脸上清晰的不安和窘迫,深吸口气,她勉强镇定地将车驶出总部大门。

"琳。"

"琳!"

"什么!"琳大声回答,以掩饰声音里透着的微颤。

"你会骑机车吗?"

"当然!"

"但我坐在这里觉得很没安全感。"

"那你来开!"

"好啊,你下来。"

"什么?!"

"我说好啊,你下来。"

靠边停下,展琳掀开头盔上的挡风罩,回头:"你来?"

"没错。"下车,雷蒙德握住车把手,头朝她微微一扬:"后边去。"

"……"很自觉的,展琳配合地朝后挪,刚挪到后座,她忽然醒悟:咦?我为什么要听他的话??

正要反悔,已经来不及了,雷蒙德修长的身影稳稳坐到她前面:"抱紧我。"

"唔。"不情愿的,她伸手象征性地拉住他衣角。

一阵轰鸣,机车猝不及防被发动,箭一般朝前驶去!差点被甩下车的展琳条件反射地将雷蒙德的腰抱紧:"喂!你!!!!"

"我说抱紧我。"雷蒙德微侧头,带着笑意的话语从黑色头盔内漫不经心飘出。

环型高架，底下是万家灯火，高低参差，一派辉煌琉璃世界。

风在耳畔呼啸，眼内目眩神迷，恍惚中，又来到那个飞沙的世界，骑马在辽阔的旷野中飞奔，指间流动快速掠过的凉风，飞一般感觉……有个少年带着笑意的声音隐隐传来……"好玩吗，姐姐？"……

"好玩吗，琳？"

"什么……"怔，扣在雷蒙德腰际的指不知不觉渐渐用力。

"喜欢在高速公路上体验这种极速的感觉吗？是不是觉得像在飞？"没有回头，却能清楚感受到他神采飞扬的表情。

迷惑……

"喜欢……"

反应不大啊？蹙眉，他忽然反手将头盔扯下。

乌黑的发，在狂风肆掠下急速散开，夜空中张扬舞动。

"喂!!"手忙脚乱拨开挡在自己头盔上的发，展琳拔高声音大吼："你在干什么???"

"精神了？"飞快回头冲她得意地笑了笑。

"你……这里是高速公路啊！你在干什么啊!!"

"这样比较帅。"

"你这……"琳顿时气结："猪啊你！不想活了？快把

头盔带上！！！！"谁能想到，外表温柔沉稳，优雅且一丝不苟的大富豪雷蒙德·佩莱斯特·赫克在人后的样子居然是这副德行！！

朗朗的笑。

背后远远传来警笛声："前面的摩托车，请靠边停下来。"

"这是我最固执的搭档利丝的车，"把头靠近他的耳边，展琳寒着脸一字一句道，"你说怎么办吧？"

雷蒙德回头若有所思地看了她一眼，减慢速度，车沿着路边渐渐停下。

身后警车声越来越近，叹口气，正要下车，冷不防手被雷蒙德一把扣住。

"喂……"狐疑的目光看看他没有动静的背影，再回头瞥瞥已经停下来的警车：他……不会吧……

"先生，请出示你的驾驶执照。"下了车，年轻的警察朝他们直直走来。

挑眉，雷蒙德冲他微微一笑，发动机声瞬间响起。

呆住。眼睁睁看着那辆漂亮的流线体机车低吼着如同脱缰烈马朝远处飞驰而去……

片刻，醒悟："站住！你们给我站住！"

"雷！你真是个疯子！"掀开挡风罩，展琳俯在雷蒙德肩头对着他的耳朵大叫。

"哦？你刚才叫我什么？"

"雷……雷蒙德……"

"叫我雷，琳，请叫我雷。"

"不管怎么样，你先给我把车停下来！你疯了，我可不想陪你疯！"不用再去看那个不断飚升的码表，疯狂后退的街景已经明确昭示速度已到何种程度。

横眉立目。

"呵呵，别阻止我，很久没这么兴奋过了，你说呢琳，是不是很刺激？"

"刺激？"眨眨眼，展琳眼里忽然闪过一丝诡异的光："你这个无聊的大少爷想找刺激是不？"

"喂，女人，我怎么觉得背后有点冷嗖嗖……"

"啪！"话音未落，一只还带着展琳发间余香的头盔稳稳罩在雷蒙德的头上，有效敛住了他飞舞不羁的发："我来告诉你什么是刺激。"随手拂开被劲风吹起的发，她一手按着雷蒙德的肩头，一手越过他的身体对准车头上一个小小的突起连撳三下。

一道火焰，从车身下的排气缸直射而出，发动机声由原来的轰鸣变成尖啸！

"牧慧亲手改良的驱动系统，媲美最新款法拉利赛车，雷，刺激不刺激？"紧紧抓住雷蒙德驾驭车头的双手，耳边呼啸的风突然间让她有种释放出自我的强烈快感，克制不住自己脸上越来越深的笑意，她的心燃烧起来。

"琳！你这疯狂的小东西！"

"雷！比比看我们身体里不安定的活力因子谁更强悍！"

"你在挑战吗？"

"我只想看看你伪装的外表下还隐藏着多少疯狂的细胞。"

"想看吗？"笑，在他漆黑的眼内流动出一抹奇特的光彩。

"当然！"话音刚落，车突然在尖锐的刹车声中戛然而止，正沉浸在极速体验中的展琳一头撞到他结实的背脊上。

跨下车、转身，出手如电。

还没缓过神来的她就这样被猛地揪入雷蒙德敞开着的怀抱。

"你……"抬头，对上那双深邃的眸，不好……那样的笑容……有点危险。

"如你所愿……"低头，滚烫的唇落到展琳微张失色的口上，熟悉的气息，片刻间掠去她所有意识。

"琳，我觉得我是熟悉你的，在很早很早以前……从最初见到你的那一瞬，灵动的眸，火焰般的发，熟悉的感觉，仿佛来自远古的召唤……琳，你是我深藏在体内狂野而不安定的因子。"

安静的街头，纠葛的身影，急促的呼吸……
世界，悄悄塌陷……

第十五章　天狼之眼

"啪!"一叠报纸被甩到展琳的面前。

"年轻英俊的超级富豪与不知名女子当街拥吻,倾情演绎现代版灰姑娘的浪漫故事!"巨大而醒目的标题,配着几幅角度不同的照片。侧面角度所拍的照片,展琳和雷蒙德的样貌被照得相当清晰。

"这是怎么回事?"瞥了眼新闻,展琳不动声色地问。

"这是怎么回事?我还想问你呢,琳,你和雷蒙德到底怎么回事?"交叉十指,罗扬看似平静的眼里隐隐泛着汹涌的波涛。

"我和他之间什么事都没有。"

"上边让我提醒你，要注意影响。"

琳挑眉："怎么说?"

"刚才雷蒙德的未婚妻，那个社交界相当有名的石油女王打电话到8楼，表示了她的不满。那些有钱人都喜欢猎奇……"

"我明白了。"不等他说完，她转身径自朝外走去。

"琳，别招惹他，你玩不起!"

"乓!"回答他的，是重重的关门声。

"雷蒙德先生，能不能告诉我们那个女孩和您是什么样的关系?"

"雷蒙德先生，传言你们正在交往是不是真的?"

"雷蒙德先生，您打算如何处理您的未婚妻和那个女孩……"

"对不起，雷蒙德先生很忙，请大家配合让一下。"大门口，蜂拥的记者将林肯车围得水泄不通，闪光灯此起彼伏。雷蒙德的保镖们以及守门的门卫穷于应付，但收效甚微，所能做的也只是将那些兴奋的记者牢牢挡在车外。

因大门堵塞而只能从小门绕道而出的展琳眼前看到的便是这么一幅热闹纷呈的场面。

从黑色豪华的林肯车旁静静走过，感受到触及身上来自车内的目光，她停下脚步，回头。

明亮的眼对上一副黑色的墨镜，淡淡的神色，因着被墨镜阻挡住的眼睛而读不出任何表情。短短间视线的碰触，旋即分开，平淡得仿佛陌生人……展琳转头离开，雷蒙德带着墨镜的眼重新移向拥挤的人群。

把钥匙丢到床上，将自己深深埋入书桌前的转椅内。

累，仿佛疲劳了一个世纪。

失神，怔怔望着电脑屏幕上变换多姿的线条。

"琳，等我好吗？"

"雷，我怎么才能等到你……等到那个完完全全真正的你……"不期然的，脖子上的伤口又开始隐隐作痛。

时间在静默中悄悄流逝。

"嚓……"电脑忽然发出轻响，脱离了睡眠的状态。一个弹出窗口出现在桌面上：您的邮箱中有一封来自 LS@8899．COM 的信件。

是利丝发来的信。

振作精神，她坐起身握住鼠标将邮箱点开。

"琳，好久不见，最近好吗，听说雷蒙德·佩莱斯特·赫克上你们那儿来了，他们说你被派给他做手下，真的？HAHAHA！！老头子们真够过分的。对了小慧说要你帮她问雷蒙德要张签名照片，说是她心目中的偶像，汗……好，言归正传。我们来欧洲的这段日子很不顺利，好不容易找到的一点点线索因为目标的死亡而失去继续调查下去的希望，但是我们也打探到一些额外的情况，那就是博物馆遭袭击事件歹徒的主要目标并非是那些珍贵的古董，而是为了一块石头。古埃及大祭司所膜拜的神石，拥有无穷大力量，能召唤逝去的灵魂，也能赐于人以神的能力，铭志上记载，它叫作——天狼之眼。琳，是不是觉得有些好笑？不管是不是真的，通过我们调查所显示，那次袭击博物馆的歹徒可能不止一批人，明天我们会再去埃及做深入调查，顺便去摸清天狼之眼的传说，一切等到了埃及再说吧。这些资料本来该是保密的，但我还是觉得应该让你知道，真希望你能和我们在一起，AT 三人组集合到一起才是最强的，想你。利丝。"

"天狼之眼……"事情好像更复杂了呢……传说中的神石，引来不止一批人的争夺，是真，是假。

逃避。

目前定居瑞士的阿拉伯石油女大亨弗丽姬亚在 12 月 25 日前专程赶到上海，向媒体透露这是为了给身在上海的雷蒙德一个大大的圣诞惊喜，而并非为了他前段时间被闹得沸沸扬扬的外遇事件。

"雷的私生活是相当严谨而有条理的。"在簇拥包围的媒体前，淡褐色肌肤，年轻而美貌的女石油大王表现得优雅而自信："很多人都希望能在他的私人问题上做些文章，但很可惜，那些照片只是个误会，我们是相爱的。"

镁光灯下，她的笑容完美得体，回答无懈可击，而雷蒙德特意放下手里工作陪同她在黄浦江畔豪华游轮上相拥欣赏夜景的画面一时又成了大大小小报刊杂志上一大闪亮点。

"琳，弗丽姬亚将在上海逗留至圣诞结束，这段时间，希望你可以负责一下她的安全。"看着手中的报纸顺着指尖滑入垃圾桶，抬头，她用力甩了下发梢。

不远处，一群保镖和助理簇拥着两个耀眼的身影朝这个方向渐渐走近。目不斜视，展琳旁若无人地从他们身边走了过去。

擦肩而过，不需要回头多看一眼。

"展小姐？"即将离去的一刹那，弗丽姬亚忽然停下脚步突兀地叫住了她。

"什么事？"停住，却并不回头。

"谢谢你答应在我留在上海的日子照顾我的安全。"

"应该的。"

"也谢谢你在前段时间对雷的帮助，他是个相当挑剔的人，很难相处吧？"

微微颤了一下，她也叫他雷……

"还好，雷蒙德先生只是在处理问题的态度上比较认真而已。"

"呵呵，希望以后我们能一样相处愉快。"

“会的。”

“待会儿见，展小姐。”

“再见。”

“雷，真是的，总要我这当未婚妻的来为你收拾局面，不太好吧。即使你再怎么无聊，女特警也有兴趣招惹？身为佩莱斯特家族惟一继承人，有些在公众面前维持良好形象的觉悟好不好？”

“你来上海干什么。”

“来看看我不太安分的未婚夫呀。”没有理会雷蒙德有些泛青的脸色，弗丽姬亚自顾自走到窗边，一把推开长窗：“嗯……真没想到，这么简陋的地方你也能住得惯。”

“我给你在波特曼安排了总统套房，没事的话你可以过去了。”

“过去，当然可以，”啜着笑，她瞥了眼站在身后的雷蒙德，“那位展小姐也同我一起去的吧。”

雷眼里危险的光芒，一闪即逝：“如果你出的加班费让她觉得满意的话。”

“呵呵，雷，也只有你会说出这么可爱的话。”歪头，目光依然望着窗外：“这么说，我的砝码增加了呢。”

“你想说什么。”

“我是说……那笔交易，你的目的，没有忘记吧？”若无其事地东张西望，她撑在窗框上的手轻轻转动指上闪着

234

银光的戒指。

"你可以走了。"隐忍的口气。

忽然，弗丽姬亚朝下探出头："咦，那个和展小姐在一起很亲密的帅哥是谁？"

"弗丽姬亚，"雷猛地提高声音，"你可以走了！"

优雅地转过身，她快速走到门边，打开门，回头冲雷蒙德笑了笑："我走了，亲爱的雷。"

目送她走出，反手将门关上，雷蒙德这才急步走到弗丽姬亚刚才所站的位置，朝下看去。

大楼下，空空荡荡，哪有什么人影。

身后，门开，本该坐上电梯的弗丽姬亚竟去而复返，倚着门框一脸诡异的笑容："啊啊啊，回来得正好。"

"你！"趁勃然转色的雷蒙德还没来得及发作，她"乒"的一声关上门，伴着急促的步伐和有些压抑的笑声逃似地离开。

"天狼之眼，古时候也称'奥西里斯之泪'，从天而降，是上苍赐与埃及的宝贝，能见到它真面目的只有历代法老王和最高祭司。但是从奥拉西斯王朝结束之后关于这块石头的传说就渐渐消失了，目前也只作为野史在民间流传，知道的人不多。琳，我猜也许这个'天狼之眼'是块比较稀有的陨石，可能因含有某种放射线而被人视作神物吧，但是为什么现代会有人那么想得到它就很难解释了。来到埃及这几天，发生了一些事，遇到了一些人，说不清什么原因，我觉得这里有点古怪，如果你在多好，我们三个可以深入研究了，但是现在……算了算了，以后再说吧，利丝。"

"琳？"

飞快关掉页面，展琳转头看向门口："罗少校。"

"在查资料？"

"是的，弗丽姬亚在雷蒙德那里，现在比较空，所以我……"

"午休时间，一起去喝杯咖啡？"

"我……"正想找理由拒绝，一眼瞥见窗外两道熟悉的身影——白色柔媚的弗丽姬亚，黑色英挺的雷蒙德，脱口而出："好，门口的咖啡屋？"

"对。"

"我们走吧。"匆忙的，在那两个人的眼光触到她之前，挽住罗扬朝外走去。

精致的食物，在展琳低垂的眼里全幻化成一张张熟悉的脸，雷的脸，雷蒙德的脸，层层叠叠，分不清到底哪个是雷，哪个是雷蒙德……

"不是雷……"用刀在牛排上切了一下。

"绝对不是雷……"再切了一下。

"他绝对绝对不可能是雷……"继续再切。

"长得像只是巧合……"继续用力切。

"觉得有熟悉感那是我该死的错觉……"继续继续努力切……

"琳，"实在无法再对她施在那块牛排上可怕的蹂躏视若无睹，罗扬忍不住低声开口，"胃口不好？"

"什么？"茫然抬头，再顺着他的目光往下看，琳脸红……盘子里肥嫩的牛排已经被切成了一堆肉糜状。

"不如叫些甜品吧，我记得你一向爱吃甜的东西，香蕉船如何？"

"不用了，我不饿。"

沉默。

看着服务员撤走餐盘，端上咖啡，罗扬瞥了眼依旧低头啜着饮料的展琳："我总觉得，你回来后变了许多。"

"有吗，可能一年多没见的关系吧。"

"医生说你脑部没有受到损伤的迹象，怎么会一点都记不起那段时间所发生的事？"

"你在代替上头查问我？"咬着巧克力棒，她漫不经心看着窗外。

苦笑，罗扬轻轻转开话题："在弗丽姬亚那里如何？"

"还好，她有一大堆保镖跟着，我挺轻松。"

"听说她在筹备一个大规模圣诞派对，可能到时候你会很忙。"

眼神闪了一下，展琳将目光转向对面的男子："扬，让我去帮小慧和利丝。"

心脏猛地收缩，这是她自毕业后第一次主动叫他名字："这恐怕……"

"有难度。"淡淡一笑，展琳的目光重新投向窗外："上面压着是吗？"

"琳……"

"算了，筹划宴会的安全事项也够我忙一阵了。"

"对不起……"不假思索，轻轻握住她搁在桌上的手，冰冷，毫无温度："其实我……"

热切的目光，却对上一双有些失神的眼。顺着她的眼神，朝宽大的落地玻璃窗外看去。

路对面，银亮的宝马车边，一身休闲打扮的雷蒙德打开车门牵着弗丽姬亚进入车子。似乎有所感应，他钻进车内的同时朝这边扫了一眼。

微微抖了一下，展琳将手从罗扬的掌心内悄悄抽回："我们走吧。"

"……好。"

大型圣诞派对定在波特曼宴会厅举行，届时会来相当多的政界及商界要人，保安措施需要极为严密。

由四个分厅打通组合成巨大的宴会厅，宽敞得可以召开国宾会。中央一棵超大规模的圣诞树，被各色灯泡和饰

品装点得缤纷绚丽。

安装好所有的监视器和监听设备，工作人员陆续出去用餐，留下展琳一人细细检查。

从高高的梯子上倒挂下来，边上一只悬挂在天花板上微微晃动的金色超级大星星吸引了她的注意力，伸出手戳一下，星星摇动，撒下点点金粉，好玩……再戳一下，又撒下点点金粉……笑，展琳乐此不疲。

"咔。"开门的声音。倒悬着由下往上看，精致着装的修长身影斜倚在门前，侧头，幽深的眸不动声色静静地望着她。

吃了一惊，险些从梯子上栽下来。稳住身形，她翻身从梯子上滑下："雷蒙德先生，你来了？我在检查设备。"

挑眉，目光中读不出表情。

"你要不要看一下，差不多都好了，我还有事，先走了。"低头，展琳从他身边绕过，企图重演最近经常在总部大楼内上演的《猫和老鼠》剧目。

近来无论是自己还是雷蒙德，都在有意无意回避着对方，就像两块同极的磁石，走到一起总会身不由己地分开。

说不清是为了什么，也许是为了那个深夜曾令她不可抗拒的热吻；也许是为了近期总将他同雷的身影叠现；也许是因为在他酷似雷的身影边出现了一个女人……总之，不想见到他，尽量避免着同他的接触和会面，她在害怕，非常害怕，怕总有那么一天自己会失去方向，在雷蒙德和雷之间迷失了自己的意识和情感……俄塞利斯……那个幽灵般不可思议的男子，自从在实验楼消失后再没出现过，真混蛋的一个人，号称要把自己带回古埃及，却就此不见踪迹。俄塞利斯，你在干什么呢，快带我走吧，我现在真的很想跟你回去呢……抑郁，一样的外表，不太一样的内在，不属于自己的雷，存在于这样的世界迟早会让人崩溃……

"啪！"似乎早料到她的企图，雷蒙德的左手状似无心地探出，轻轻扣在门框上，好巧不巧地挡住了展琳的去路："好久不见。"

"好久不见……"眼睛瞄着他结实的手臂，琳考虑该从哪里下手。

"想从哪里下手？"淡淡一句话，打碎了她脑中闪烁的念头。低头，温热干净的气息拂过展琳略微僵硬的脸颊："最近很忙？"

"还好……"

太熟悉的气息，闭上眼，仿佛雷就在身边……只能反复默念：他不是雷，他不是雷，不是雷……

"雷，你在这里呀。"柔软快乐的声音，伴着妩媚身姿突然出现在雷蒙德身后，一手亲昵地抱住他横在门框的手臂，一手软软搭到他粗旷修长的指上。微微颤了一下，那手指顿时因着她的触碰而滑落，畅通了原本被拦阻的大门。有水波般眼神流转："咦，琳也在。"

"弗丽姬亚小姐……"琳迅速看了她一眼，低头，当再抬起头，已经换上一张明快的笑脸，挥挥手，从被弗丽姬亚轻易破开的大门闪了出去："东西差不多都安装好了，你们慢慢看。"随着声音的消失，她人已走远。

"你想怎么样？"看着仍抱着他手臂不放的弗丽姬亚，他冷冷道。

抬头，露出笑得灿烂无比的魅颜："琳好可爱，和你一样可爱，忍不住让人家想逗逗她……"

"别去惹她。"

"哦？"眼里闪过一丝光，转瞬即逝："雷，那可由不得你说……你们家族欠我的哦……"眼神低了低，笑容却更妩媚："人家等了那么久，有些不耐烦了呢……"

话音未落，她的下颌被雷蒙德抬起："我在想，这笔交易是不是值得，你要我办的事看来并不单纯。弗丽姬亚，你知道我不喜欢让人利用。"

冰刃般的目光，如同一只嗜血的兽，隐隐流动危险的气息。

"这副样子有没有让琳看到过？那样的眼神，一般人都要被你吓死啊……"微笑，幸好自己不是一般人："帮我这次，今后我们两家之间恩怨一笔勾销，否则……"垂下眼帘，正色，仿佛自言自语："你知道我有 101 种整人的手段……"

"我会帮你办到，不用老来提醒我。"甩开她的手，他径自离去。

望着两人身影一前一后离开，从排气窗内翻身落下，展琳若有所思……

回到家已是深夜。

掏出钥匙正要开门，忽而眼神一凌，退后，从兜内掏出手枪。

用枪口将没有上锁的门轻轻顶开一道空隙，她无声无息潜了进去。

"谁！"黑洞洞的枪口对准客厅中央靠椅上坐着的一名黑衣异国男子，借着窗外街灯投射进来的光芒，清晰看到他全身被绑得严严实实，上腹部一柄短刀深深扎入，直没刀柄，看来已经被绑在这里多时，伤口处淌下的血已将地毯染湿。嘴上被胶带封住，他望着展琳的眼神惊恐而急躁。

迅速环顾四周，确信没有埋伏，她立即跃至那名男子身边为他解开束缚。

见到她过来，那男子开始猛烈挣扎，红得几乎要滴出血来的眼睛直瞪着展琳，似乎有什么话要说。

一把扯下他嘴上的胶带，展琳平静地道："别激动，不管你是谁，我必须马上送你去医院。"

"你快走！这里危险！"密封的嘴一得到自由，一连串阿拉伯语掺杂着英语急泄而出。

"什么？"

见展琳不明白的眼神，他咬咬牙，反手握住刺在腹上的刀柄用力一扯，原本就深的刀口立刻拉出一个血洞！

"你！"

拔出刀，他闷哼一声，随即把滴着血的刀咬在嘴里，伸手，他将手指慢慢探入伤口……

"你干什么！"被他的举动骇住，展琳竟忘了出手制止。

被汗水和剧痛所扭曲的脸忽然呈现出一丝笑容，颤抖着把展琳的手拉到自己面前，那只在伤口内摸索的手缓缓拔出，黏连着血肉和内脏的拳头放到她的掌内，感觉一块温热滑润的物体落入她不由自主摊开的手心："神的意志……请你……守护天……狼之眼去……埃及……"

话音刚落，他已无力地垂下了头。

天狼之眼?！怎么可能……抬头，正要试图去唤醒那个不知道是死还是昏迷了的男子，瞳孔却在一刹那收缩！

只见那男子脑袋垂下的方向，赫然显出一个亮着红点的小小东西，静静悬挂在对面的墙上。液晶显示屏上清晰跳动着触目惊心的数字："4……3……2……"

"SHIT！"不加思索，她猛起身拔腿朝门外飞扑而去！就在扑到门外的一瞬间，伴随惊天震响，强大的气流瞬间将展琳吞没。

展琳被重重甩到路面上，抑制不住喷出一口鲜血。

勉强支起身，紧握的拳轻轻将嘴角的血迹抹去。她不动声色地看着熊熊燃烧的房子，周围开始喧哗起来……低眸，摊开掌心，一枚椭圆型晶状体安静地躺在指间，幽幽的蓝，如同百慕大神秘的深渊……

第十六章　惊变

12月10日凌晨1点40分：总部来车将展琳接去直属医院。

12月10日凌晨2点：展琳口含天狼之眼在医院接受了全身检查。

12月10日凌晨3点：展琳正式入住该医院接受治疗。

媒体报导：此次爆炸案属于歹徒报复性袭击事件。在案发现场发现一名男子烧焦的尸体，怀疑是袭击户主未遂，反而把自己炸死在屋内。有关部门正在紧力调查此案。

12月20日下午3点：展琳伤愈出院，暂时搬进总部的集体宿舍。

"琳，最近在埃及有了新的进展，如果有突破，回国的日期指日可待……利丝。"

"琳，也许你想不到，天狼之眼的传说可能属实，我和小慧正在进一步查证……利丝。"

"琳，近来不太顺利，调查工作遇到一股隐藏势力的阻碍，这段时间常有人莫名失踪……利丝。"

"琳，发了好多信过来都没收到你的回讯，不知道你是不是遇到了什么麻烦，希望只是我的猜测，你千万不能有什么事，我只能指望你了……小慧失踪了！哪里都找不到她，我曾上报总部请求支援，但一直没有明确回音，琳，总部内可能有暗线……琳，我期望得到你的帮助！利丝。"

蛛网般街道，陈旧密布的楼区，刘老头的杂货铺就设在这个街区。生意非常清淡，除了偶尔路过买包烟什么的，基本没什么人会在这里停伫。刘老头又聋又哑，靠街道补助和这家经营了几十年的小店为生。

褪色的凉棚，破旧的招牌，肮脏而狭小的店面，这家叫"招富"的小店是如此不起眼。

同往常一样，刘老汉搬了张破藤椅窝在店门口享受冬日里的阳光，微眯着眼，不时抽一口廉价香烟。

长长的身影遮住了温暖的阳光，皱眉，他不耐烦地抬起头看向那个不知好歹防碍他享受的人。

一个男人，年轻而秀气。火一般跳跃的发，笔挺的鼻梁，冷静的唇，一副宽墨镜遮住了他的双目。身穿一袭淡灰色风衣，人不怎么高，但相当秀挺而匀称。

见到他疑惑的目光，年轻男子嘴角扯出一丝轻笑，弯下身，对着老头飞快做了个手势。

眼神一闪，老头的眼内竟露出和他年纪和体质不太相称的光芒来。颤颤巍巍起身，他示意年轻男子跟着自己走进狭小的店堂。

把挂满零碎小物件的板门拉开，露出一间阴暗的内室。走进内室，关上门，靠着微弱的灯光勉强分辨出一道向下的梯子。走下去，似乎是个杂货仓库，堆放着不少陈年旧物，散发阵阵霉味和潮湿味。七拐八拐摸索到一扇几乎已经分辨不出是门的小门前，手放到口袋里摸索了半天，掏出一串钥匙。

"呀～"发出一阵刺耳的呻吟，门缓缓打开。顿时，一股机械及润滑油味扑鼻而来。

门里面，是一个中型规模的武器库。

"想要什么？"沙哑的声音，从刘老头本应该哑了的口中飘出。

年轻男子倒也不觉得奇怪，只是饶有兴趣地在整个库里兜了一圈，随后目光落在小巧精致的两件武器上："就它们了。"

"奥地利 TMP 冲锋枪，瑞士 P228 型自动手枪，又轻巧火力又猛，先生倒是会挑，不过价钱……"

微笑，从衣内取出一扎钱，轻轻抛向刘老头。

一把接住，老头的嘴巴登时咧开，露出一口残缺不全的黄牙："美金？"

"呵呵，老弟是爽快人。"捏在手里反复确认后，老头满意点头："成交。"

12 月 24 日，圣诞前夜。

"目标已下车。"

"目标进入波特曼。"

"目标在宴会厅，我们会继续监视。"

金碧辉煌的大厅，一流的乐队伴奏，空气中弥漫着淡淡的酒香。

在上海的各国名望几乎全汇集于此。

长发披肩，米色露背晚装将身姿衬托得格外妖娆的弗丽姬亚挽着身穿黑色晚礼服，将发整齐扎在脑后的雷蒙德。这对金童玉女般的人物优雅地穿梭于那群高贵的人物间周旋寒喧，游刃有余。

角落中，耳带监听器，穿着不起眼套装的展琳执着酒杯混在人群中，不动声色地履行着自己的职责。

这看似温馨平和的氛围里不知道隐含着多少心机。那些纷杂莫测的目光，在人群里闪烁，落在弗丽姬亚身上，落在雷蒙德身上，也有……落在她的身上。四面环顾，那些被巧妙隐匿起来的摄像头，此时，在对着谁呢……嘴角轻轻勾出一丝笑意，抬腕，看了看表，即将要到 12 点了。

感觉一道异样的视线罩住了自己，抬眼，与雷蒙德从远处投来的目光碰个正着，那若有所思的眼神，令展琳微微一愣。

转瞬即逝。

"各位来宾，到 12 点我们为诸位安排了一个惊喜，"宴会厅忽然响起弗丽姬亚快乐的声音，"界时会有个小小的意外，希望大家不要慌张，到底是什么惊喜呢？"她眨了眨眼："到时候就会知道啦。"

音乐重新响起，而众人的心开始期待着 12 点即将上演的神秘礼物。

这的确是个不错的圣诞惊喜呢，弗丽姬亚弯下腰，将杯子慢慢放到桌子上，嘴里默念："10、9、8……4、3、2……"

"1"字刚出口，整个宴会厅里刹时一片漆黑，音乐声也戛然而止。

就在人们低声议论之际，大厅正中央摆放圣诞树的地方忽然亮起一点光，金色，那样的高度显然是处在圣诞树的顶端。片刻，光芒越来越盛，如同树尖上一点星辰。不断闪烁过后，光芒一敛，随即，一大束光芒极速从光点中涌出，瀑布般朝着树底宣泄而下！中间，跳跃着无数银亮的火花。

"火树银花！"有人禁不住开口赞叹，同意他的观点，周围掌声热烈响起。

如同焰火一般，由激光设备控制，黑暗中盛开的火树银花。

灿烂的表演足足维持了近1分钟。

在观众意犹未尽的目光中，灯光大亮，漫天飞舞着金色碎屑，灿烂的惊喜就此结束。一时，场内的气氛更为热烈，阵阵兴奋的议论声。

一个快乐完满的平安夜。

然而……

"目标消失！"

"快通知下去目标消失！"

"搜索全楼！"

"快！"

一辆银灰色机车在距离波特曼两条街口的地方停下，脱下头盔，长长的卷发披散下来，回头，灵动的眸子冲着远处那栋高高矗立的大楼眨了眨，伸手，在发上轻轻一扯，栗色卷发立刻被拉下，露出一头暗火般短发。

重新带上头盔，握着假发套的手慢慢抬起，对着此刻应该已经悄然有些混乱的那家五星级酒店，一抛。

发丝散开，风筝般盘旋落地的刹那，发动机轰鸣，机车如脱弦之箭朝远处驶去。

初遇那张相似模样的脸时顿生的迷惘……

街头激情不可抵抗的拥吻……

不断重叠交织的两条身影所引发的困惑……

爱谁，思念谁，谁是谁……

不管，暂且不管了罢。

陷阱？阴谋？欲望？算计？这混乱的世界究竟在上演着一出怎样的戏？

绛红色工作用帆布装，内穿防弹背心，TMP 冲锋枪及 228 型自动手枪交叉插在背后，外罩暗茶色军用短大衣。怀揣着那枚似乎令不少人感兴趣的天狼之眼，甩甩头，展琳坚定而晶亮的目光透过挡风罩望向前方：慧，利丝，我来了……

特殊的身份，以及一纸精心伪造的携带武器许可证，展琳轻易通过登机检测，背着沉重的登山包作别上海。

由浦东机场出发，直达伊斯坦布尔，转机飞往开罗。

伊斯坦布尔机场，拥有遍布航站楼内的 372 个摄像机，24 台 X 光探测仪和 35 台安检装置，荷枪实弹的土耳其军警随处可见，看似平淡的目光，警惕着四周每个动向。

中途在机场吃了些点心，翻了阵杂志，展琳在距离飞机起飞前 10 分钟才往登机处赶去。一般越是紧张迫切的时候，越是容易忽略一些细节，这是人通常的共性。

"嘿，原来是位 S.W.A.T 小姐。"翻看手中的证件，年轻的机检员对眼前这位清秀美丽的女子露出和善的微笑："去埃及出任务？"

"嗯。"

"这么漂亮，真看不出来。"

"谢谢。"从他手中取回证件，指指正在不断催促旅客尽快登机的扩音器，展琳笑着道谢离去。

起飞后，一切就应该顺利了，利丝，希望等我过来后能靠着天狼之眼有点新的发现……

匆匆奔上飞机，空中小姐在她身后轻轻将舱门合上。

经济舱内，人不多，稀稀散散坐着。

靠窗坐下，扣上安全带，舒了口气，展琳仰头靠在椅背上静静感受庞大的波音 777 自跑道逐渐爬升入三万英尺的高空。

"小姐，请问要些什么饮料？"平静地飞行了一段时间后，空中小姐推着餐车出来开始分发饮料。

"矿泉水，谢谢。"

接过她递过来的瓶装矿泉水，拧开盖，凑近嘴正要喝……

"如果我是你，我绝对不会去喝别人送来的那些东西。"低沉而熟悉的声音，透着抹笑意，从身后传来。

抓着瓶子的手指收紧，表情瞬间僵硬。

以为出了国境就好了，却没留意到周围那些看似坐得分散的乘客其实是以一个包围圈的形状不动声色地将自己围在这个位置。低叹了口气，展琳淡淡道："是你……"

"是我。"绕过座椅，雷蒙德自她身边坐下："琳，我好像不记得你们总部把你公派去埃及。"

"我是……"

"不要告诉我你是出国旅游。"

眨眨眼，看着那双明明白白写着"别对我撒谎，那是没用的"。黑亮眼眸，半晌，微笑："没想到你这么快就能找来。"

"那当然，"舒适地靠在椅背，雷蒙德平淡得如数家珍："我坐军用机提前你三小时赶到，然后包下了所有开往埃及的航班。"

"天狼之眼对你们来说究竟意味着怎样的价值?"看着他的眼睛，展琳决定不再拐弯抹角。

"你早就感觉到了?"

低头，琳轻轻咬着塑料瓶沿："只手遮天的无政府主义大富豪不可能只为了区区一批埃及国宝亲自奔波。"

"嗯哼。"

"奥拉西斯王朝的宝物被盗，近两年后我穿着那个王朝时期的铠甲被人发现，本应对我最有怀疑的你却只对我失踪的那段时间和被盗现场留下的东西感兴趣。"

"嗯哼。"

"利丝发邮件告诉我关于天狼之眼的故事以及……当时不止一批人袭击博物馆的消息。"

"继续。"

"某一天，我不小心听到了一段你和你未婚妻有关某种交易的对话。"

"嗯哼。"

"在家里遭到袭击后收到利丝警告，她提醒我总部内幕有人暗箱操作。"

坐直身，雷蒙德将目光转向她："那么……"

"由此我联想到，大名鼎鼎的雷蒙德协助埃及要回国宝，在国宝被盗后又鼎力相助破案，原来并非出自他的好心。"定定看着他的眼睛，展琳一字一句道："原来他和那些盗文物的人目的一样，只是为了天狼之眼。"

挑眉："琳，你的想像力也太……"

"往往看上去没有任何关系的事情联系到一起便形成了答案，雷蒙德，这是你告诉我的。"

"聪明，"前排一个女子突然起身，转头，针织帽下露出一张美丽而狡猾的魅颜："难怪一向眼高于天的雷对你青眼有加，有勇有谋，琳，你是个宝贝呢……"

手搭着椅背，弗丽姬亚脸上带着永远招牌式的笑容。

没有理会她，展琳漆黑的眸子始终锁定雷蒙德幽深不可测的目光："告诉我，欧洲线索的中断是不是你们干的，小慧失踪和你们有没有关系，那个中东人是不是被你们弄成那样丢在我家，定时炸弹……是不是你们安置在我家里的。"最后一句话，声音透着丝暗哑。

"琳……"眼神黯了黯："我……"

"我们承认前两桩，但后两件绝对和我们无关，"耸耸肩，弗丽姬亚朝那个脸色变得有些难看的男子丢去一个魅眼，"如果雷舍得伤害你，天狼之眼早就到我们手里了，是不是，雷？"

"闭嘴！弗丽姬亚！"猛地转向这个惟恐天下不乱的女人，雷蒙德的眼瞬间变得冰冷而凌厉。

侧头，她微笑着将目光若无其事地投向窗外。

"知道吗，"目不转睛地看着眼前这张同雷一模一样的脸，"你和一个人长得很像，连名字都相仿。我总是不知不觉把你们搞混，常常不由自主地……看着你唤出他的名字……"露出有些迷茫的眼神，展琳似乎在自言自语："甚至有时候我在想，也许，你就是他吧，真的很像啊……除了你，实在找不出能在茫茫人海中找到他的理由……我希望，你就是他，他就是你，失去记忆也不要紧，不认识我也无所谓，至少我终于是找到他了……可是……"

"你……"避开她幽幽的目光，雷蒙德的脸上读不出任何表情。

"可是，"低头，当双眼再次抬起，已然焕发出犀利的光彩，"像，不代表是。那个人世上只有一个，即使转世轮回，也早已不再是当初用阳光般笑容陪伴我的他……"话音未落，精巧的手枪闪电般出现在展琳手中，乌黑的枪口正对雷蒙德有些苍白的脸孔："雷蒙德先生，不经同意坐在我身边是比较冒险的。"

"你想干什么？"不同于周围那些随从仓促间拔枪起身有些狼狈的表现，他静静开口。

"我一直在想，"从怀中取出那枚核桃般大小、蓝得诱人的晶石，拿在手中抛动把玩，"这块石头对你们到底有着什么样的吸引力，既不能带来财富，也不能带来权利，别告诉我真是因为那些可笑的传说。它在我身边这些天，可一点没看出它有什么特别神奇的地方。"

"既然这样，不如交给我们算了。"灿烂的笑容，并未因雷蒙德的受制而有所改变，弗丽姬亚如同在和朋友轻松聊天。

"站着别动。"斜窥，冷冷制止她不动声色慢慢靠近的步伐："天狼之眼是揭开一切谜底的东西，也是我找回小慧的关键，而且既然都有人用生命托付我将它带去埃及，便更没理由让它离开我身边。"

"琳，你是个聪明人，我们不妨摊开了说，石头我是要定了，你把它给我，我帮你去找到你的搭档。"

"这办不到。"

"是啊，这办不到了。"未等弗丽姬亚开口，她附近三支枪忽然调转枪口，齐齐指向她的头部！

"你这是什么意思，费诺门斯。"笑容收敛，流转的眼波望向身边这名一直以来堪称雷蒙德左膀右臂的中年男子。

中等身材，全身肌肉遒劲，有着狼一般噬血目光的费诺门斯原是意大利黑手党有名的杀手之一，被国际通缉后投靠雷蒙德，至此效忠已有 8 年之久。看到一向喜怒不行于色的弗丽姬亚头一次用那种尖利的眼光注视着自己，他淡淡一笑："商界巨头雷蒙德、石油女王弗丽姬亚以及被不少大人物所觊觎的天狼之眼都在这架飞机上，弗丽姬亚小姐，聪明如你还需要问我是什么意思吗？"

"我希望你能明白背叛的后果。"

"很抱歉你似乎已经没有说这些话的资格，"抚摩手中漆黑的枪身，这掌控一切的感觉真不错呢，"整架飞机现在都在我的掌握之中。"反手击出，枪托狠狠砸向她的头部，闷哼一声，她软软瘫倒在地上。

惊变！

握枪指着雷蒙德，本处事不惊的展琳此时竟也有些失措了。全面受制。

怔忡间，隐隐感到手背上有什么在轻触。

视线下移，瞥见雷蒙德那张波澜不惊的脸，淡然的目光始终注视着前方，似乎没有任何异样。然而，他左手食指的指尖却正以不易察觉的速度在展琳垂下的那只手背上坚定游移。

有些粗糙的指勾勒出一张目前他们所处境遇的草图：正前方距离五排位置三个人，右前侧两个，右后方距离三排位置处分两排共四个，后方四排处两个……在正前8排位置的距离，那道舱门的地方，他着意用力画了个圈。

你想干什么，雷蒙德，这个时候你究竟想干什么……

"你们两个，把枪扔到地上，出来！"用枪指着雷蒙德和展琳，边上的人冲他们一侧脸。

"啪。"站起身，从衣内掏出枪随手往前面一丢，他半举着空空的双手离开座位朝前慢慢走去。

枪口始终对着雷蒙德，注视着他的背影，僵硬。

仿佛有所感应，他轻轻回头，黑色深沉的眸子望向身后僵立不动的展琳，复杂的目光中，似乎隐隐流动着一种叫做……温暖的东西。

心，微微一颤。

犹豫片刻，垂下手，展琳亦把自己手里的枪抛开，手反背在脑后紧跟着走出。

"雷蒙德，不可一世的你有没有想过会有这么一天？"

"倒真没想过。"

"呵呵，打算出多少赎金？一座纽约市如何……"话音，因着雷蒙德突然激射出精光的双目及瞬间爆发的速度而滞住！

瞪大眼，怔怔看着那猎豹般的身形鬼魅似地朝自己扑来。端着枪，脑中一片空白的费诺门斯下意识扣动扳机。

"呼！"一声巨响，子弹在已经闪至费诺门斯身前的雷蒙德肩膀穿出一个血洞。稍稍一顿，抬眼，瞅着这名背叛者的目光透出抹没有温度的笑意。肩膀倾斜，带动胳臂一拳朝他脸上挥去！

猛烈的撞击，来不及吭一声，费诺门斯硕壮的身躯笔直撞向背后隔断商务舱与经济舱之间的大门，头在金属门上崩射出鲜红的血花，几乎是立刻间毙命。

与此同时，展琳已趁雷蒙德提速冲向费诺门斯而引开持枪者所有注意力的当口迅速跃翻至前，落地的刹那拾起丢在地上的手枪，转身，在费诺门斯开枪向雷蒙德射击的同时扣动扳机，朝已经熟记在心的每个目标，连射！

电光火石般的瞬间，几乎完美的配合。

然而……

对面最远处一人在倒地的霎那抬枪盲目朝前方射出一梭子弹，飞射的弹头并没击中一人，却将展琳身侧舱门的安全阀穿透！"丝"的一阵轻响，紧闭的舱门悄然打开，刹时，巨大的气流铺天盖地贯穿入舱内，气压造成的吸力如同一只巨掌将毫无防备的展琳猛地朝舱外拖去。

"琳！"

即将滑入舱外之际，她的手指将舱门上的把手勉强抓

住，总算没有随着费诺门斯紧跟而出的尸体一同从 3 万英尺高空坠落。

机体内的气压以极快的速度不断下降，颠簸……警报器不断重复："warning……warning……warning……"

抖动的机身将昏迷的弗丽姬亚震醒，用力攀住扶手，她摇摇晃晃站起身。

"坚持住!"紧贴舱壁，雷蒙德一步步朝舱门处移动。

3 万英尺高空肆虐的风，如同利刃切割着展琳风筝般飘荡的身体，此刻的她，眼里什么都看不见，耳中什么都听不到，只除了惨白的云雾，以及呼啸的狂风。

突然，一阵更为猛烈的震荡贯穿了整个机体，揪着扶手，弗丽姬亚被迫滑倒在地。惊恐，首次出现在她一向镇定的脸上。

"咔……"可疑的声音自摇曳的舱门处传出，当意识到发生了什么事，那扇厚重结实的合金门已在气流强劲的压扯下生生裂成两半!

圆润的晶石自手中滑出，在无边的云海，如同一点蔚蓝的星光，同展琳一起朝下坠去……

"雷!! 石头!!"

"啪!"闪电般出手，在展琳同天狼之眼一同落下的刹那，雷蒙德有力的指越过那枚闪烁着诱惑般光芒的石头，将她的腕牢牢扣住。

第十七章　破命之局

摇坠……飘忽……混乱……

一片苍白……强劲的气流，将自己在无垠天际中显得如此渺小的身影撕扯，挤压。

恍惚中，好像看到一道熟悉的身影，金色铠甲，暗红色短发，由自己体内突射而出，不断向上攀升……

遥远而似曾相识的声音，在一片空茫中悄然响起："我即是一切，过去，现在，未来……俄塞利斯，阿普雷迪三世长子，凯姆·特至高神官，以神的名义，召唤天狼之眼开启三界之门。"

窒息般的压力，展琳觉得自己即将被气流所形成的旋涡所吞没。

眩晕……眼看便要失去意识，展琳将身子一沉，压力忽然奇迹般消失，紧接着，感觉自己突然被凌空抛起。

下一秒，落入一双结实有力的臂腕内……

微微一荡……

温热的触觉，促使展琳慢慢将因受不了气流撕扯而紧闭的双目睁开。

乌黑纷扬的长发，烙刻着经历无数征战而留下深深浅浅刮痕的铠甲，清俊的脸庞上，一双天狼星般幽深明亮的眸子一眨不眨凝视着她，那藏匿在阴影内看似平静的目光中，隐隐溢动着惊涛骇浪！

雷……张口，赫然发觉声音早已哽在喉间，怎么努力都吐不出来。雾气迅速弥漫整个眼眶，抬手，小心翼翼用指划过那青涩的轮廓：雷……雷啊……

觉得抱住自己的身躯轻轻一颤，手指突然收紧，猛烈的力道几乎让展琳窒息。微张开嘴，抬眼看着他，那星辰般闪烁的眼啊……幽深中有如两道熊熊烈火在蔓延燃烧！

"雷伊！你在做什么？杀了她！"不远处，传来久违了的亚述王透着愠怒的声音。

"杀了她?"始终注视着怀中的人,雷淡淡地道:"王,她已经快死了。"

"把她丢下去,铿铿凯姆·特军的锐气。"

"我不想这么做,王。"背对着亚述王,他轻轻将被自己救上来的一霎那穿着已经完全不同,甚至连被自己所刺的伤口都消失不见的展琳放到地上。

"你知道你在说什么?"从地上拾起剑,辛伽不动声色地欺近俯身看着展琳的雷。

"雷伊,对自己的王说这种话真是大逆不道啊。"高举起剑,他嘴角溢出一丝冷笑,——得不到的,不如就毁掉罢!毫不犹豫,闪着寒光的剑锋直刺向雷的脊背!

"扑!"剑未落,身形却止。

也不见雷是怎样出手,手中那柄断了一截的剑刹那间被他反手插入亚述王穿着护甲的胸膛!头未回,眼始终没从展琳脸上移开过。

"你……"指着雷,辛伽瞪着不可思议的双眼。

猛转身,雷肩膀微侧,斜扣住亚述王握着剑的手,毫无温度的眼朝他淡淡斜窥。安静,却充满危险气息,如同看着猎物的猛兽……

"辛伽,"低沉淡然的声音,"利用我的代价你出不起。"

拔剑,猛刺——对着他没有防护的腰部。

拔剑，继续刺——对着鲜血疯狂喷出的伤口……面无表情，一下接一下，直到亚述王颓然地跌倒在地上。

雷跪下身，用膝盖抵住他的胸，伸手，一把将他戴在脸上的面具扯落："不需要这样的面具，你完全称得上是个魔鬼。"

失去面具掩盖的脸，苍白，爬满血痕，红得触目惊心。痉挛着，辛伽咯着血的嘴角露出一丝微笑："高傲的黑鹰……真想能控制你一辈子……得不到你……不如毁了你……毁不掉你……那不如被你毁掉吧……"

"疯子！"抬手，举剑，用力砍下。

城楼下，传来埃及军斗志高昂的喧哗。

凯姆·特赢了，安全了……丢掉手里沾满鲜血的残剑，雷一步步走向那个立在墙边目不转睛看着他的女子。

忽然，耳朵内传来隐约异声。雷微侧头，眼睛余光瞥见右方不远处高台上一名浑身浴血的弓箭手扯满弓，愤怒的眼神对准展琳。不假思索，他纵身朝她飞扑而去！

闪电般抽出插在背后的 TMP 冲锋枪，抬手，几乎不需要瞄准，一连串子弹刹时将还来不及把箭射出的弓箭手扫射得直不起身！顷刻间全身被弹孔所穿透，瞪着狂怒而惊恐的眼，他颓然倒地。

遍地尸体，整个城头在激昂震耳的机枪扫射声过后显得突兀地安静。

硝烟……刀剑的撞击……胜利的呐喊……一切仿佛不再存在。

静逸的世界，天与地之间似乎只剩下这两个人。

垂下枪，展琳低头有些木讷地对着眼前神色复杂紧盯着自己的那人，咬了咬下唇："你……是不是觉得我有点和落下城楼前不太一样？"

半晌："没错。"

"你……是不是有很多问题想要问我？"

"很多。"

"那……"抬起头，话音未落，人已经被一双手猛地拽入它主人结实的胸膛！

"雷……"

干净的气息，吹拂她耳边柔软的发丝："我现在只想知道，你是不是琳。"

"是的……"熟悉的味道，身子禁不住微微颤抖。

"你是不是那个像白痴一样……却让我爱到心里发疼的傻女人？"

"雷……！"张开手，使劲将那高大的身躯抱住，一颗微热的水珠，终忍不住自眼眶内滚落下来。雷啊，雷啊！终于能真真切切感受着你，拥有着你了啊！3000年的交替变更，对你来说短短一刹，对我却是沧海桑田，不许你

再离开了，无论是肉体还是心灵，绝对不许你再离开！

侧头，搜索到他近在耳侧气息不稳的唇，踮起脚，狠狠地吻了上去！

"琳……"蹙眉，在长长的热吻间发出含糊的呻吟："别……这里是战场……你……快要让我发疯了……"

"雷……"纠缠着他的脖颈："爱我吗？"

"爱……"

"那就继续爱我……"话音，消失在雷因她的话而伏下身急风骤雨般狂野的回吻中……

颤动，由脚下蔓延开来，越来越强烈的抖动，仿佛大地快要崩裂，伴随隆隆震响，惊醒沉醉在柔情中的两个人。

"琳！雷伊！快过来！"

随着沿楼梯奔上城头，远远对着他们惊呼的法老王的声音，一道灵蛇般蜿蜒的裂缝自城楼走道中间以迅雷不及掩耳之势急速蔓延、扩张，转瞬间将城楼生生割成两半！

不可逾越的沟渠，站在裂口的另一端，与彼方的法老王遥相对望。

摇撼，这半座近20米高的城楼在底部熊熊燃烧的火焰中摇摇欲坠。进无门，退亦无路……

抬头，询问的眼神看向沉默不语的雷，怎么办……

迅速扫视四周，目光，落在远处高耸在城门外的锥形石柱上，目测过距离，皱眉："我需要一根极长的绳子。"

"绳子，这里怎么找得到绳子？"越烧越高的火焰，逐渐倾斜的楼面，抓着雷的手，展琳不知不觉中失却平时的冷静。

低头，嘴唇轻触她额头的发丝："如果能再挺过这一关，琳，不管前途有再大阻碍，我要你马上嫁给我。"

无语，伸手，用力将他抱住。

又一声爆响，楼面猛颤了一下。突然间脑中灵光闪现，展琳的眼神亮了亮，急急退后一步，抬起头："绳子……我们有绳子！"

满腹狐疑地看着她颇为兴奋地低下头，拉起身上的衣服："你……"

"啊！"意识到他的目光："你，转过身去！"

依从她的话，转身。片刻，一条缀着银亮装饰物的黑色带子自侧面闯入他的眼帘。接过，上面还留有淡淡的余温："这个？"

"绳子。"

"太短了吧……"

捏着自己的皮带，展琳在搭扣处轻按了一下。

"嗖！"一道细而柔韧的钢绳从里面飞射而出，在地上蜿蜒，盘绕……

"够长了吗？"

眼里闪过一道惊诧，却并不多问，这女孩，总是无时无刻地不在制造着一个又一个不可思议。天空盘旋的飞鹰、被自己救起的刹那莫名改变的服饰、消失的伤口……如果这世上真有神，那么琳一定便是神赐予自己的奇迹。

跑到不远处高台上那名弓箭手的尸体边，踢开尸体，抽出被它压在底下的长弓。回头，抬手一把接过展琳抛来的绳索头，剔除上面金属制爪子状的东西，紧紧缠绕在箭尾，起身，朝展琳走去。

地面隐隐抖动，破损的城墙，残缺的护栏，称霸一时的亚述特有的武器伴随操纵者的尸体散落一地。

"你把底下拉紧了。"

带着展琳来到距离城外那根石柱最近的位置，站定，将箭搭在弦上，挺身，张弓，完美的姿势……

抓着皮带，看看他手中的箭，再看看远处的柱子："雷……那个……柱子可是石头的……"

扬眉，雷嘴角勾出一丝笑意："亚述的弓箭都是铁制的，相信我，琳。即使不相信雷的话，也要相信曾是凯姆·特最年轻神射手的话。"

"吹……"话语，因着那离弦之箭如黑色闪电般齐身没入石柱内而止。铁制的箭，坚硬的石，相交的一霎那激起一串金色火花！

用力扯了一下，牢固。

拉着绳索，转身，底下熊熊火焰映着他双眼闪射璀璨的光芒："琳。"

"嗯？"

"把衣服脱了。"

"什么？！"

"你裹得比河马还要臃肿，怎么跟我走？"挑眉，有些坏坏的眼神瞥着展琳瞬间飞红的脸颊。

低头，飞快脱去军用短大衣、工作装、防弹衣……仅剩下淡蓝色吊带衫，军裤，她曼妙的身姿几乎令雷无法移开视线。

"啪！"银亮的枪口抵住雷的额头："我好了，将军大人！"

"凶暴的本性一点没变呢……"叹息，将她搂住："抱紧我。"

灼热的气流逼近楼面，整个城楼发出难以忍受的呻吟。不再犹豫，低头："准备好了吗？"

"是的。"

"走！"

抬腿，轻点，借着护栏的弹力，两道身影如同比翼之鸟，飘然荡了出去。

与此同时，一声轰鸣，强烈的震荡中，巨大的城楼终于在火焰中彻底支离坍塌！

风，掠着耳边柔软发梢。爱人的体温，熟悉的气息，如同飞鸟般翱翔于半空……真希望，时间就此停伫……

"咔……"轻微而可疑的声音。

被周围石头磨损，不堪重负的绳索突然断裂！半空中，两人因失去支持点而骤然间垂直朝下坠落！

这高度，这速度，摔下去必死无疑，缓冲，需要缓冲！

抓住雷的手逐渐用力，念头如车轮般在大脑里飞速旋转。

缓冲……缓冲……低头，一眼瞥见手里的冲锋枪，眼神一亮。

抬头，同雷对视，千言万语尽在这一眼。随即毫不犹豫，提枪，在接近地面的刹那对着下方，急射！

银色枪口，喷射着金色火舌，一瞬间，藉着它带来的那股强劲的后挫力，迅速而有效地减缓了两人急速坠地的身形。凌空翻越，落下，借着冲力雷紧抱展琳滚落于地，以缓解速度带来的冲击。

死里逃生。

"琳，没事吧?!"当一切混乱停止，雷松开手，有些紧张地看着怀中的展琳。

透了口气，她眨了眨眼："如果……我坐的这块地方不会裂开，我想我不会有什么事。"

用力将她搂进怀里，笑："傻瓜……"

纷乱的脚步声，由远至近。

松开手，看了展琳一眼，雷静静站起身，抬头，朝那个正向自己慢慢踱来的修长身影走去。

年轻的法老王，年轻的将军。

面对面伫立，无语，对视……

同样冷静的神色，同样淡然的表情，同样读不出内心的眼睛。隔着一步的距离，两人黑长的发，在微风中轻轻纠葛……静……静得只听得到彼此低缓的呼吸。

当周围的人逐渐因着这份沉寂而感到有些透不过气来之际，空气中传来奥拉西斯低沉的声音："你回来了。"

"是的，王，我回来了。"

静……透过那漆黑的眸，似乎隐隐有着什么在那双极美的眼中流动……

跨前一步，突兀的，奥拉西斯伸出有力的手一把将雷紧紧抱住，附在他耳边，轻轻地道："欢迎归来，雷伊……"

震惊！雷一时竟不知所措。

半晌，迟疑着，将自己的手伸出。随后，将这位凯姆·特神一般的男子宽阔的肩膀缓缓抱住："王……"

公元前 XXXX 年。

凯姆·特人在亚述一役全面获胜。

欢呼声，喧嚣声……亚述城熊熊的烈焰仿佛成就凯姆·特人在这一刻欢腾激越的盛会。

展琳坐在地上，看着火光与人群前相互拥抱着的那两个男子，嘴角，轻轻荡开一抹微笑……

一轮红日自东方缓缓伸起，历史崭新的一页，开启了……

"成功打开三界之门，命运轨迹完全混乱，王，我最心爱的弟弟，俄塞利斯所能做到的仅止于此，哪怕未来的惩罚是魂飞魄散，我终是向神扭转出这破命之局！"

（本剧终）

番外篇　静夜随想
——王的独白

10 岁的时候，我在哥哥俄塞利斯庄严的带领下踏上神坛，继承被阴谋毒杀的父王阿普雷迪三世手中诺大的江山。凯姆·特帝国由尚在儿提时代的幼小王子统治，全国上下议论纷纷，只是无人敢反对，因为那是伟大的神官、神明一般的神官俄塞利斯金口钦定的，他说：这是神的意志，奥拉西斯必将繁荣我凯姆·特。

于是，只知道吃喝玩乐的我稀里糊涂成了上下凯姆·特的主宰。

别人眼中金雕玉砌、奢华糜烂的生活却成了 10 岁的我眼中的噩梦。放纵的母后，阴鸷的宰相，谋杀、政变、入侵……惟一能依靠的哥哥却又是目不能视腿不能行的残疾，弱小的我几乎在惊涛骇浪般的宫廷生活里失去存活下去的勇气。

每个寂静之夜，俄塞利斯守在床边拥抱着我，一遍遍在耳边对我低语：奥拉西斯，不要信任任何人，要防备在你身边的每一个人。奥拉西斯，你要学着独立，坚强，冷静。奥拉西斯，要活下去，你必须学会残酷……

我想他是成功的，15 岁时清理宫闱，那个我称之为母后的女人，因涉嫌同宰相偷情并密谋毒死父王而遭废黜并幽禁，宰相赐死，权力机构大换血，宰相余党尽数铲除。16 岁平定叙利亚，与之结盟。17 岁亲自上阵击退赫梯国进犯，18 岁时遇到雷伊，那个与我一样天生睿智而野性的少年，我同他一起培养出强悍的黑骑军，拉开了新朝军骑征战的序幕……

自幼学会以冷漠示人，除了权利和领土，对任何都不屑一顾。敏锐、冷酷、威严，运筹帷幄……毋庸质疑，我是个天生的王者。

女人，太多。从 15 岁开始，形形色色的女人纠缠在我周围，络绎不绝。

从不拒绝，也从不接纳，常常会带着审视的目光将她们同我那个有凯姆·特第一美女之称的母后作比较，想看看被剥下迷人、虚荣、伪善、诡计之类层层外壳后她们妖娆的身体里还会残留下些什么能让我感兴趣的东西。结果是，失望。

"王，"她们常会这样问我："你爱我吗？"对提这种问题的人我的回答只有一种——微笑，缠绵，而后抛弃。爱是什么，我爱权利，爱领土，但我不会分出多余的爱给一个人，哪怕这个人是我亲爱的妹妹。

妹妹，呵呵，我亲爱的艾布丽莲，继承了她母亲出色的外表和愚蠢的头脑，妄想出卖领土来换取我的垂青，有意思，母后出卖了父王，你却出卖哥哥，从小在我身边长大的你，竟不知道我最讨厌的便是背叛吗？

厌倦，在18岁以后的日子。最富有的王国，最俊美的王，女人对我趋之若鹜，爱，取之不尽，用之不竭。不需要付出一点点爱，我自小被爱所包围。麻木。

我常常在想，如果她这辈子不出现，命运的轮盘会怎样旋转。

那个寻常的午后，喧闹的街头，一双桀骜明媚的眼就这样突如其来撞进了我的心房。错愕。

她叫琳，不知道从哪儿来，不知道是什么身份，旷野里风一般的女子，没有弱点，不知道害怕。而她竟对我无畏，有意思……我却发现从此后便总想这么看着她，和她说话，激怒她，看她生气时神采奕奕的样子，喜欢，真喜欢……

但不能留下她。她周身散发出的自由气息如同翱翔于空中的飞鸟，强留下来，会折翅疯狂。而我，亦不想在她身上渐渐看出自己的弱点，自己的本性，于是，放她离开。只是指派我最得力的部下埋伏在她身边，总归好奇着她的来历……

从来不知道我也会有做出错误选择的时候。

一向高傲矜持的黑鹰将军雷伊，竟然爱上了自己监视着的女人。

雷伊在某些方面来说，确实和我很像，这就是为什么俄塞利斯一直告诫我不要轻信任何人，我还是不由自主地将他区别于其他部下来对待。这次，他连感兴趣的对象都和我一模一样，半开玩笑，我淡淡问他："雷伊，如果有一天你在我的床上看到了她，你还会同上次一样吗？"上次，是雷伊头一次带自己的女人来宫里赴宴，那女孩本是奴隶，但长得极美，甚至超越我的妹妹艾布丽莲，雷伊的金子将她装点得光彩夺目，跃身为当天最受注目的女子。雷伊，那是第一次对女人动心吧，总之，他喜欢上了这个美丽的女子，而这美丽的女子在见到我后，却爱上了我，呵呵，雷伊，我可怜的孩子，不到 18 岁的你魅力怎可同我相比，轻易的，她便投入了我的怀抱。

第二天，他在我的床上发现了仍在酣睡的她，没多考虑，拔刀，他砍下她的头，随后提着她的头来向我请罪。雷伊，你和我最大的不同在于过于执着、严谨而死心眼。我却不同，只是一个女人，怎值得去怪罪我最得力的部下，这事，不了了之。至此，他身边再没出现过能称得上他女人的女子。

听我这么问他，他略沉吟，随后正色道："琳有她自己的意愿，自己抉择的权利，不管她选择谁，我尊重她。"微骇，我认真打量他。琳在他心目中已是如此重要，重要到即使她成为别人的女人，他都不悔。然而，我却无法再说什么，他的想法竟然就是我的想法，琳在我们心中是与众不同的，她有她的思想，她的选择，而我们，谁都无法擅自掌控她。

就由她自己选择吧。她，选择了雷伊……

在孟菲斯看到胜仗归来的雷伊同几乎有些失去自制的琳紧紧相拥在一起，我的心突然，坍塌……

琳曾说过我没有心，是的，我不需要有心，伸手可及的爱，我不需要去爱。但是却错了，我低估了她在我心目中的位置。如果没有心，那当时令我窒息的感觉是什么？如果没有心，想立刻从雷伊手中夺回她的意识又是为了什么!

我调离了雷伊，只为给自己一个得到她心的公平机会。俄塞利斯说我失常，是的，我失常，我疯了……

那自由的灵魂，桀骜的心，灿烂的笑脸，我要把她抓住，牢牢地抓住，我惟一爱人的感觉。必要时，也许可以用镣铐把她锁住，然后再慢慢将她征服……守在她身边，这念头不止一次在我脑中闪现。琳，爱我！

天不遂人愿，就在琳不再对我充满戒备的时候，赫露斯却带来雷出事的消息。

征战，再次让我看到她出类拔萃的一面，这场战争几乎靠她一人扳回局势。天晓得，当打开城门冲进去的一刹那看到伏在地上的她的娇小身影时，我紧张得心脏几乎要裂开，还好，还好她平安。如同抱着世上最珍贵的宝贝，我不顾一切将她紧紧拥在怀里，天知道，我是多不愿意让她去冒这样该死的危险，可是却又无法违背她的意志，就像天空中翱翔的鹰，我能控制天下人，独独控制不了她一个。

意外而短暂的相处时光，全因雷伊丧失记忆。

终于可以名正言顺地将琳留在身边，守候着她，看着她。

第一次见到她惶恐，第一次看到她流泪，第一次为别人说出连自己都没有把握的承诺，心碎……安慰得了她，却安慰不了自己。

永远忘不了那一天，定格成为我记忆中永恒的夜，在那些漫长的岁月里陪伴我熬过无数寂寞的日子，反复闪现……琳，你可会记得，有这样一个夜晚，躺在一个曾令你不安的怀中，安静地熟睡了一整晚……

如果可能，真想就此将她留在身边，不顾一切，让时间来抹去对雷伊的记忆，让时间来令她慢慢接受我对她的爱。然而……

无法漠视她为征战亚述所做的努力。

无法漠视她见到雷伊时眼里光芒的闪现，即使，那个雷伊完全将她当作敌人，完全的，只是将伤害她作为自己的目的。

于是，第二度征战。

我的祖辈告诉我父王要信神，我的父王告诉我要信神，我的周围塑造了无数巨大的神像，我的哥哥乃至我被人当作神一般膜拜……这世间究竟有没有神的存在？不知道，也无所谓去知道。但，有一个人却让我看到了连神都无法让我们做到的事，是的，那个人便是琳。

轻易的，她令我200名士兵如鹰一般翱翔于天际，亚述那号称不破之城，硬是被她插上翅膀一举攻破！

火焰上飞舞盘旋的无数巨鹰，激励着我凯姆·特所有将士，激荡着我沸腾的心，琳……琳啊……你叫我如何能不为你而疯狂！

破城，屠城，以最快的速度冲上城楼。辛伽在那里，失忆的雷伊在那里，琳一个人在上面简直是落入……死地。

脚步在看到亚述王将刀自雷伊体内拔出的刹那停滞。身中几乎致命的一箭，再被辛伽穿透背脊，雷伊已经奄奄一息，只是，他头也不回，手紧抱着怀中昏迷的琳始终不放。

犹豫……如果不去阻止辛伽，如果雷伊死去，那琳是不是会……

伸出鲜血淋漓的手，一把将雷伊飞扬的发扯起，辛伽突然失去自制地嘶吼："为什么不回头！！！为什么不回头！！！你连看我最后一眼都不肯吗！！"抽回剑，带出一道鲜红的血，抬手，他将剑高高举起："好，好！高傲的黑鹰，我便捣碎了你的肺腑，看你还能不能冀望来生和她……"

没等他把话说完，我的剑已自背后将他的心脏刺穿。

做不到，终是做不到啊，要眼看着他死在我面前，这个如同兄弟般服持长大的人，无法，无法漠视不管！！

转身，辛伽震怒的目光转向我，忽而，竟露出一丝诡异的笑来，他说："我在地狱等你。"低头，落腰，一支漆

黑乌亮的弩从他领内朝我急射而出。

不知道有没有躲过去，只听到周围惊呼声一片。没留意许多，我的注意力全被躺在地上伤口处一片殷红的琳所吸引，她要不要紧？要不要紧？一步步朝她走去，越来越近，视线越来越模糊……当手指触到她脸庞的一刹，眼前漆黑一片。

当光芒再次进入我的眼帘，有那么一阵愕然……

颜料尚未干透的壁画，火光中闪着幽光、不计其数的金器宝物，神龛，塑像……半开的纯金棺材内躺着具被布条层层围裹的木乃伊，熟悉的装束……难道……

低低的咳嗽声打断我的思路，在祭司的簇拥下，俄塞利斯坐在轮椅上被缓缓推入墓室。径直来到棺材前，他挥退左右。静等脚步声走远，墓室内再次恢复可怕的寂静。

靠在角落，我仔细打量这自小把我带大的兄弟。几日不见，他竟越发苍白和憔悴，一头柔长的发，黑色几乎被白色掩盖殆尽。伸出瘦骨嶙峋的指，他在棺沿上轻轻摸索："为什么会这样……我竟救不了你……"低沉而沙哑的声音，令人心颤。我的哥哥，惟一用心爱着我，也让我用心去爱着的哥哥……

"为什么……为什么我空有看透一切的能力，却无法拯救你……奥拉西斯……我活着惟一的支柱……你却走了……"手指紧扣棺沿，关节泛青。

走到他身后，试图摩挲安慰他，正如年幼时，他抚慰惊惶的我。然而，手指从他体内穿过，滑空……

颤抖了一下，他突然直起身，手在脖子上摸索了一会，拉出一条用绳子编成的链条，握着链坠，用力扯下，苍白的脸上因着莫名的兴奋而微微显出一丝红晕："也许……也许我还有机会救你。"

摊开掌心，我认出他手中握着的东西，圆润，透明，蓝得纯净的一块石头——天狼之眼！庇佑我凯姆·特强盛繁荣的国宝啊，俄塞利斯，你想做什么？？

有些颤抖的手，将那块石头摸索着放入棺内，微笑："王，带她回来，俄塞利斯这苟活于世的残废之人争个魂飞魄散也要为你打破命盘。"低头，靠近金棺："我的弟弟，信不信，你的哥哥是很强的……"

魂飞魄散！我因他这话而惊怒！混蛋，你想干什么！永世不得轮回，在这世间烟消云散，俄塞利斯！我不要你做这样可笑的牺牲！！！

徒劳，在手一次次穿过他纤弱的身躯后，眼睁睁看着他虔诚地坐在那里，对着闪着幽幽蓝光的天狼之眼，施咒……

黑暗，无止无尽的黑暗……伴随着我，星移斗转……一天又一天，一年又一年，一个世纪又一个世纪……被俄塞利斯的咒语禁梏于此，被孤独和无边的阴暗所包围，海

已枯，石亦烂，时间对我已经毫无意义。

终于有一天，一线微弱的光芒自石室的缝隙中透入，恒古的禁梏终于被释放，轻轻舒展被解禁的灵魂，我，自由了……

飘荡于人群中，周游列国，上天入海，几十年的光阴，我学会了不少，也读懂了这对我来说已隔了 3000 年之久的新世界。

莫名的，我在寻找，漫无目的地寻找，毫无目标地寻找，究竟在找什么？不知道，只知道当找到时，自然就会明白。

那个风和日丽的下午，穿梭于人流，不经意间一瞥，一双乌黑灵动的眸……颤抖……我告诉自己，终于找到了……琳，我终于找到她了！

5 岁的琳，没有父母，胆小柔弱的琳，住在孤儿院内，内向而孤僻。除了那双眼，在弱小的外表下常常闪过一丝倔强聪慧的光芒。

"这孩子是不是智商有问题，那么大了都不怎么说话。"

"是啊，还不爱理人，怪僻得紧，不讨人喜欢呐……"

"算了，别说了，也怪可怜的。"

静静地听着那些无聊而漠然的交谈，穿墙而过，我朝那个惟一有点阳光的小园子深处走去。

　　果然，她在。

　　脏脏的小手，默默而努力地用泥土堆砌着什么。认真，小心……我可怜的琳……

　　仿佛有所感应，她抬起头，疑惑而灵动的双眸看向我站立的方向，半晌："你是谁？"

　　震动，她竟能看到我？！她竟在和我说话？！难道小孩子的眼能看到鬼神的论调竟是真的？？

　　"你是谁？"见我发愣，歪着脑袋，她又问了一遍。

　　"我……"混乱的脑中搜索着合适的字眼，"我是你的守护神。"

　　"守护神？"

　　"对。"蹲下身，我试着露出最温柔的笑容："我是琳的守护神。"

　　"你知道我的名字？"笑，自她小小的脸上绽开……

　　窒息……

　　"对，我是琳的守护神，当然知道琳的名字。"

　　惊讶，欣喜，激动，纷乱的心绪透过黑宝石般眸子吐露出来："你……好漂亮，金光闪闪的，你真的是琳的守护神吗？"

　　"对。"情不自禁地笑。

"你会像爸爸妈妈一样保护琳吗？"

"会。"

犹豫了一下，她又道："你会让琳变聪明吗？"

挑眉："当然，琳是最聪明的。"

快乐："你会让琳变强吗？不被大炳、牛牛他们欺负？"

"会，我的琳是非常非常强的。"

"那……我可不可以去告诉我的牙牙我有个守护神？"兴奋的神色，谁会忍心拒绝？

"去吧。"

丢下一串银铃般笑声，小小的琳朝自己的房间飞奔而去。

跟她来到屋前，守在窗外，看着她抱起床上那个皱巴巴的洋娃娃，快乐的笑容溢满整个脸庞："牙牙，告诉你个秘密哦，我有个守护神呢，他是金色的，好漂亮好漂亮……"

琳，跨越 3000 年，我终于能够守候在你身边……

琳，我知道，也许若干年后成为你守护神的那个人不再是我，而在那之前，请允许我占据这个位置……

琳，我会一直保护陪伴着你，直到能够用天狼之眼将你带回去的那一天……

琳，我的爱……

"告诉你个秘密哦，我有个守护神呢，他是金色的，好漂亮好漂亮……"

网友热评

现在的言情故事中大量的女主角是典型的"小女人"。写出来就是小家子气。为爱而爱，宠物一般的角色。看多了，也腻了。而强悍一点的，有的过于张扬，丧失了女性的特质，有的过于完美，神仙一般的人物，不真实也就自然空洞。

我喜欢你笔下的展琳，自强、洒脱、率直、乐观、善良。而你叙事的手法趋近于白描，却总能准确抓住事件进行的关键点。人物的心理描写通常用神态来反应，这种描写手法的难度远胜于那些伤春悲秋的内心独白。

感觉就像中国的泼墨山水，黑白二色，看似平淡不拘小节，实则大气洒脱。

我们要看的就是这一片不一样的风景。

——天风

犹记当初读《尼罗河之鹰》时，被骗下眼泪最多的，不是展琳失去雷后的悲伤，也不是法老的痴心，而是墓中那个"一夜乌丝变白发，瘦骨嶙峋悼亡人"的俄塞利斯和那个试图拥抱安抚自己的哥哥，却天人两隔，相抱难相拥的奥拉西斯。

兄弟，亲情，俄塞利斯因此而让人难忘。

——闲人

^_^～～～～呵呵～～～谢谢水心沙这次把法老爱上的穿越时空的女主角定为偶们中国 mm 哦:)

偶因四年级第一次开看《尼罗河女儿》－－－＞爱上埃及历史，因书中死去的 18 岁的曼菲士－－－＞迷上了也是 18 岁死亡的图坦卡蒙，当然埃及文字啦、风俗啦、考古啦也都一并喜欢上了啦。可惜《尼罗河女儿》等了十几年竟然都没有等到大结局，但是水心沙作

品的大结局偶是一定能等到滴～～～～很解馋的故事哦
～～～～嘿嘿～～～～加油写啊～～～支持你!

——跳踢踏舞的猫

看过不少穿越时空的,其中也有一些古埃及的,可是这篇还是让我耳目一新。最精彩的构思莫过于最后的回到未来又回到过去那三界之门这一部分,实在出人意料,妙极!!!

——有栖

带着一种流畅的阅读快感,看完了《尼罗河之鹰》——雷(原生界)。应该说,这是一部非常不错的小说。虽然是借鉴了《尼罗河女儿》的部分内容,但作者的编排故事能力,还是非常到家。各种悬念的设置,尤其是紧张气氛的塑造,都能牢牢抓住读者的心。《尼罗河之鹰》拥有广大的读者,的确是实至名归。

——晓风飞翔

非常好看,看了这么多年书了,现在已经很少能有一本书让我感动又回味的了,看到它让我有一种意犹未

尽的感觉。我期待法老。

——青瓷

写得很好啊，好久没有看到这么吸引人的作品了。

今天讲给同事听，他们听得津津有味，还一个劲问结果。

可我也不知道啊，沙沙快写吧，不然我要被他们问死了。

——琴儿

思路新颖，既能依托于史实，又能对历史背景加以大胆的设想，精彩！一本非常非常耐看的好书！！！是值得一荐的小说！！！！

——笨小孩啊

阅读此作品，如饮醇酒，如沐春风！使人心旷神怡！精彩！就是希望能再更新得快点。快快更新。更新是硬道理。期待更精彩，支持你。更新快一点就更好。努力，再接再厉，你的更新就是我的快乐！

——游客21621492

若干年前看的《尼罗河女儿》，心中从此常留埃及的影子。

感谢大人写的这篇文，真的很喜欢，也许开头是因为一直以来执着地眷念那个故事。但是后来再跳进坑，就完全是被大人的文笔和构思所吸引了。

顺便说一句，很喜欢大人的文风，读来现场感很强。正如作者所说，比较有电影的表现风格。

——winterheath

网友点评

总体比《尼罗河女儿》写的要好得多，沙沙的《尼罗河之鹰》退去了凯罗尔的柔弱，刻画了一个生动的琳。全文处处惊喜不断，一波三折，有吸引人看下去的欲望。总之一句话，不是可以用语言形容出来的。

——茉涵

晋江的本土作家，一说起来，人们都会提那几个耳熟能详的名字，这其中总是没有水心沙。可是实际上，水心沙驾驭故事的能力，在晋江能与之媲美的真找不出多少个。只可惜晋江崇尚文字，那些文字优美，或者笔锋犀利，或者蓝调忧伤的文，总是被赞美。实际上，女性写手大部分都是长于文字而短于情节的。而水心沙最出彩的就在这方面。主线明朗，张弛有度，情节大气而又紧凑，如一条流畅明快的河流，顺延而下，一气呵成，险滩缓流交相映衬。

所以《尼罗河之鹰》上了总榜，而人们想砸这部小说时，往往没有办法下手。

如果你没看，自然砸不出。如果你看了，你会被迷住，于是，无法再砸。

除了特地赞扬沙驾驭情节的能力，我还想在这里说，我是多么喜欢文里所传达的感动的感觉。这种感动源自于故事本身，文笔的刻意修饰是那么的少。

（呵呵，沙甚至准确到故事中出现的每一个吻都能带来震撼：P）

—— 蓝田日暖

"头文字工场" 即将隆重推出：

"尼罗河穿越时空奇幻三部曲"
系列之二——《天狼之眼》

黎优从小生着灵异的双眼，能看到常人见不到的事物，近来被一系列神秘事件困扰。被盗文物出现在家中、半夜被木乃伊惊吓、天使般的异域男子出现家里。经常照顾她的邻居阿森神秘失踪，其他邻居相继死亡……这个天使般的男子究竟来自何方，与她有着怎样的前生今世？跨越 3000 年的记忆，他们还能相守今生吗？

抢鲜阅读

《天狼之眼》精彩连载

第十三章　俄塞利斯的故事

……

你知道什么是真实?

你觉得什么是真实的存在?

你认为这个世界是不是真实的存在?

过去, 现在, 未来……

我来告诉你一个关于天狼之眼的故事。

天狼之眼，原名奥姆·拉石，在古代埃及，曾是宫廷最高僧侣一代一代隐密供奉了几千年的圣物。在法老和最高祭司的眼里，它的地位甚至超过太阳神拉，因为它真实且不可估摸的神力。

　　由于外表通体幽蓝，形状酷似狼的眼睛，所以人们把它称作天狼之眼，久而久之，本名倒是不再被世人所记得。从胡夫王朝时起，它与引发尼罗河水泛滥的天狼星并称——神留于人间的福泽。

　　最鼎盛的时候，人们甚至用生人活祭天狼之眼，以乞愿或问卜。

　　祭奠天狼之眼的周期一般为 10 年一次，因为虽然它能带给当时的埃及恩惠和神迹，但每每开龛献祭的时候，却是极凶险的。甚至有个国家连续两次生祭出了问题，而导致两任最高神官的先后夭亡，并且在一年后，那个朝代便被愤怒的民众颠覆了。

　　所以也有人传言，天狼之眼是认主的，它只赐福于它选定的主人。而如果不得到它承认的法老开启了封存天狼之眼的神龛，必然会遭到报应直至颠覆。以致后来公开祭祀天狼之眼的次数越来越少，祭祀的程序，也只是作为某种传统一代代流传给了历届的法老和最高神官。

　　后来，民众渐渐遗忘了这颗神石的存在，只留有一

尼罗河之鹰

些零星传说在民间或者石碑上流传着。到奥拉西斯王朝之后，甚至连法老和大神官，也似乎将它遗忘了……

那块美丽神秘的石头，据说在奥拉西斯王朝的时候曾吟唱出过最后一次华丽的绝响，然后，悄悄隐匿于时间的长河。而正是这不鸣则已一鸣惊人的绝响，给整个埃及，整个世界，甚至神……掀起了悍然大波。

当时年轻英武的法老王奥拉西斯，有一个天赋禀异却疾病缠身的哥哥。

自小，这位哥哥便因为他超人的预知力和前所未有的对于天狼之眼的驾驭能力，备受先王的重视和国人的崇敬，还是孩子的时候，就统领了上下埃及的祭司群。私底下，人们是把他当作神来看待的。因为他用天狼之眼占卜和祈福的时候，根本不需要遵守 10 年周期的规则，以及流传了几千年的祭奠程序。

那天狼之眼仿佛和他是一体同生般的亲密。

但这一切并非没有代价。

12 岁时这位小小的大神官眼睛突然瞎了，无症无兆。那时候他的父王刚因他的预言胜利班师回朝，打了近 10 年方才完结的仗，举国欢庆。而年幼的神官，却从此眼前一片漆黑。

15 岁时，他的腿丧失了行走的能力，又是同样的无症无兆。那年他伟大的父王突然暴毙，而年仅 10 岁的弟弟刚刚懵懂地继承了王位，在宫廷一片潜藏的惊涛骇浪中，浮萍般依附在病弱的他的身边。于是他宣布辞去了上下埃及大神官的官职，也不再参加大小祭奠和问卜仪式，只一心一意隐匿于幕后，辅佐幼小的弟弟从政。

20岁时，作为奥拉西斯王朝最年轻强悍的摄政大臣，他用自己睿智的头脑和占卜的能力协助少年法老平定叛乱，铲除异己，力挽大局……但相对的，这高高在上的半神人一身是病的身体也因为过度消耗而变得更为单薄。非但眼不见物腿不能行，即使一点点风吹草动，也足以令他孱弱的身躯，增添一道又一道的沉疴。

如果没有弟弟，或许他就放弃在这世界上继续生存下去的打算了吧。拖着这样的身体，对于一名年轻气盛的男子来说，简直生不如死。奥拉西斯，惟一的亲人，惟一的弟弟，他全部的期许和寄托。辅佐他一步步登上王座的权颠似乎成了这男子苟活于世惟一的坚持和理由。

闲暇的时候，他喜欢一个人静静坐着，在他弟弟奥拉西斯寝宫隔壁的宫殿里。偶然会有人看到他坐在黑暗里头，捏着通体散发蓝光的天狼之眼，低低自言自语着。不知道在说些什么，那苍白而诡异的画面，似乎他是在与鬼共语。

于是人们依旧敬他怕他需要他，但背地里，开始悄悄称他废人，或者怪物。

他不在乎。

亲眼见证着自己的弟弟由原先胆小怯懦的小男孩，一点点变得聪明，强悍，骁勇善战……甚至可以从这年轻的王身上逐渐感受到图特摩斯三世统帅三军时不可一世的气概和影子。那个时候的他是快乐的，也是骄傲的。

但这样的快乐并没有维持多久。

心灵的安慰，心灵的寄托，心底的骄傲，奥拉西斯……

命中注定，他活不过25岁。

这是经过了无数次的卜算，天狼之眼给予他的坚定不移的答案。

那答案几乎令他崩溃，就仿佛一个男人在苦心经营了一生中最伟大的事业之后，再被告之将会很快亲眼看着它被摧毁。心碎，但是亦无可奈何……

命定如此，谁，能与天斗，与命相违。

"优，你相信命运吗？"说到这里时，俄塞利斯忽然低下头，轻轻问我。

那个时候我正在故事与瞌睡间做着顽强的斗争。不知道是刚才喝下去那杯酒的作用，还是俄塞利斯低柔的声音太过催眠，我的大脑昏昏沉沉的，眼皮一个劲地往下沉。听到他突然问我，我抬头看了他一眼，点点头，又摇摇头。

"很难讲是吗?"他伸手，把我的摇摇晃晃的脑袋按向他的肩膀。

温暖，带着丝淡淡的清香，很舒服的感觉，我靠着他的肩膀，半敛着眼睛听他继续往下说。

"命运总是在你以为是如何如何之后，转个身，然后在你耳旁吹响一个突兀的变奏。"

"头文字工场"投稿信箱：image@vip.sohu.com